Ragnar Jónasson • HULDA

Ragnar Jónasson

HULDA

Thriller

*Aus dem Isländischen
von Anika Wolff*

btb

Für Lena und Lasse

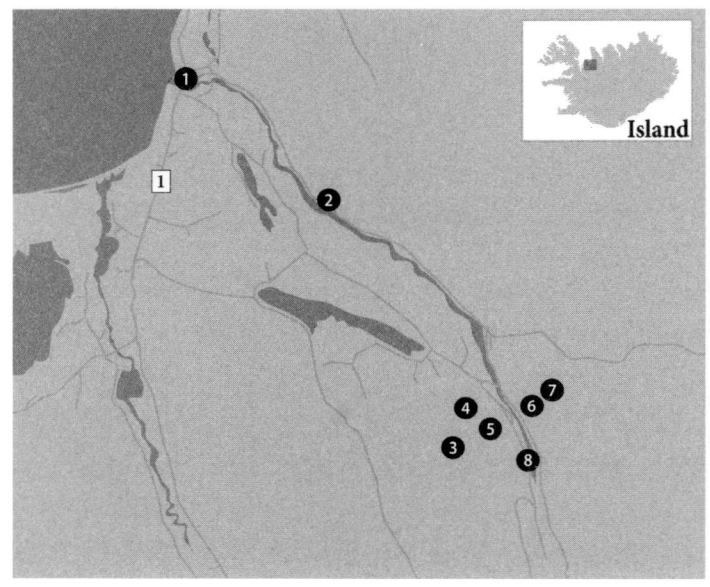

BLÖNDUDALUR:

- ❶ Blönduós
- ❷ die Blanda
- ❸
- ❹ Ísak
- ❺ Kári und Cerise
- ❻ Vala und Óskar
- ❼ Eilífur
- ❽ das Anglerhaus
- [1] Ringstraße

Epilog

Weihnachten 1960

Heiligabend und überall glitzernder Schnee.
Atli trat aus dem Haus, hörte das Knirschen unter den Sohlen und ließ seinen Blick über das Viertel schweifen, spürte die Weihnachtsstimmung.

Er stellte das Türschloss so ein, dass es nicht verriegelte, zog die Tür zu und prüfte kurz, ob sie sich tatsächlich wieder öffnen ließ. Der Schlüssel lag an seinem Platz auf der Kommode in der Diele.

Im Nachbarhaus wurde offenbar groß gefeiert, die kleine Sackgasse im Reykjavíker Wohnviertel Háagerði war komplett zugeparkt, und das bei dem Schnee. Geschneit hatte es viel in den letzten Tagen, und es war kein Vergnügen, mit dem Cortina um die Schneehaufen manövrieren zu müssen. Atli war mittags mit dem Jungen zum Einkaufen gefahren, und als sie zurückkamen, war die Straße so zugeschneit, dass er ein Stück vom Haus entfernt in der Nähe der Hauptstraße parken musste.

Das Haus hatten Emma und er vor der Geburt ihres Sohnes gebaut. In dem neuen Wohnviertel hatten viele kleine Grundstücke zum Verkauf gestanden, und da war es naheliegend gewesen, dass sie versuchten, eins zu ergattern. Mit Erfolg: Der Alte – Atlis Schwiegervater – hatte seine Kontakte zur Stadtverwaltung spielen lassen und ihnen das beste freie Grundstück zugespielt. Daraufhin hatte Atli sich an den Hausbau gemacht. Die meiste Zeit seines Lebens hatte er hart gearbeitet, eine Zeit lang auf See, später an Land, daher war der Bau eines kleinen Einfamilienhauses keine unlösbare Aufgabe für ihn gewesen. Er war bei seiner alleinerziehenden Mutter in einer kleinen Wohnung aufgewachsen, in einem furchtbaren Haus im Stadtzentrum, und er hatte sich nie träumen lassen, dass er einmal ein eigenes Haus besitzen würde. Das war immer etwas für die Reichen gewesen – bis das Wohnviertel in Háagerði entstand. Die Häuser hier waren aus den unterschiedlichsten Materialien gebaut, jeder, wie er wollte, und genau das machte für Atli den Charme des Viertels aus. Er fühlte sich wohl hier. Und Weihnachten war schon immer eine wichtige Zeit für ihn gewesen. Obwohl seine Mutter sich mit ihrem knappen Arbeiterinnenlohn durchschlagen musste, hatte sie immer großen Wert auf ein schönes Weihnachtsfest gelegt und an nichts gespart. Es gab ein festliches Essen, Obst und etwas Süßes, und ein schönes Weihnachtsgeschenk für ihren Sohn. Als Atli dann selbst Vater geworden war, hielt er es genauso. Ein paar hübsche Geschenke für den Jungen unter dem Baum – dafür hatte Atli im Dezember einige Extraschichten übernommen, und zum Fest sollte es Lammrücken, Schokolade und natürlich Weihnachtsäpfel geben. Wegen der Äpfel waren sie heute extra noch mal losgefahren. Schon lange vor Weihnachten waren die Äpfel in der Hauptstadt ausverkauft gewesen, aber am Morgen vor Heiligabend hieß es plötzlich, dass einige Geschäfte doch noch eine Lieferung bekommen hätten. Da musste man schnell sein. Auch Emma hatte sich Äpfel gewünscht, und er wollte sie nicht enttäuschen, hoffte, dass das süße Obst sie etwas aufmunterte.

Im ersten Laden gab es bereits keine Äpfel mehr, aber im zweiten hatten sie Glück, und Atli hatte gleich ein paar mehr mitgenommen. Nach den Zusatzschichten konnten sie sich das leisten. Mit dem Jungen auf dem Arm hatte er die Einkaufstüten ins Haus geschleppt, nur die Äpfel hatte er vergessen. Die guten Weihnachtsäpfel, rot und knackig, die so wunderbar dufteten und Weihnachten ebenso einläuteten wie die Radiomesse am Heiligen Abend.

Die Messe hatte schon begonnen. Das hörte Atli, als er am Nachbarhaus vorbeilief, dazu Stimmen und Tellerklappern. Die Häuser waren festlich beleuchtet, in den Fenstern brannten Kerzen, und die Welt war schön, hell und freundlich. An einem Abend wie diesem, wenn sich der Weihnachtsfrieden über die Stadt legte, konnte nichts Schlimmes passieren, war alles so friedlich und still, und Atli erfreute sich am glitzernden Schnee, der unter seinen Sohlen knirschte, während er zügigen Schrittes noch einmal zum Wagen zurücklief.

Er atmete die Winterluft ein, genoss das knackig kalte Weihnachtswetter. Kaum etwas liebte Atli mehr als weiße Weihnachten.

Ihr Haus war nicht groß, aber es hatte zwei Etagen. Unten nahm das Wohnzimmer den meisten Raum ein, die Küche war klein, aber gemütlich. Im Wohnzimmer stand jetzt der Weihnachtsbaum. Über die Jahre hatte sich einiges an Schmuck angesammelt, manches von ihm, manches von Emma. Am wichtigsten war ihm das kleine beleuchtete Weihnachtshaus seiner Mutter. Wenn man das Licht einschaltete, sah es wie ein Märchenhaus aus.

In der oberen Etage ihres Hauses befanden sich das Elternschlafzimmer und noch zwei weitere Zimmer. Das eine hatten sie auf dem Grundriss auf Emmas Wunsch Nähzimmer genannt, und das andere war natürlich das Kinderzimmer. Sie hatten reichlich Platz, und das Haus war von Liebe erfüllt.

Aus dem letzten Haus in der Straße drang Musik, ein moderner Weihnachtssong. Dieses junge, ziemlich unkonventionelle Paar hörte natürlich nicht die Messe. Atli schnaubte, obwohl er nicht viel älter war, denn er war von Haus aus eher konservativ, auch wenn seine Mutter immer so links wie möglich gewählt hatte, so wie er jetzt auch. Aber trotzdem gehörte die Messe zum Heiligen Abend. Emmas Eltern wählten konservativ, das wusste er; dennoch hatte er eine sehr gute Beziehung zu den beiden.

Da stand der Wagen, der rote Cortina. Er hatte ihn vor einem Jahr gebraucht gekauft, mit Unterstützung seines Schwiegervaters, und er machte sich gut, sommers wie winters.

Der Wagen war wie immer offen, und die Äpfel lagen im Kofferraum, eine große Kiste, die hoffentlich bis zum Jahreswechsel reichen würde. Er widerstand der Versuchung, sich sofort einen der Äpfel zu nehmen und hineinzubeißen, Weihnachten zu schmecken. Das wäre schon in Ordnung gewesen, an Heiligabend – wann, wenn nicht jetzt? Aber nein, er ging lieber schnell zurück und hob sich den ersten Weihnachtsapfel für den Nachtisch auf.

Emma und er hatten sich bei einem Ball kennengelernt – natürlich –, und es war Liebe auf den ersten Blick gewesen. Zumindest, was ihn anging. Er hatte sie den ganzen Abend angesehen und beim allerletzten Stück endlich den Mut gefunden, sie zum Tanzen aufzufordern. Dieser eine Tanz hatte gereicht, sie hatten einander gefunden. Dennoch wollte Emma sich umwerben lassen, wie es üblich war, und Atli hatte sich gern auf dieses Spiel eingelassen, hatte immer wieder in ihrem Elternhaus angerufen und sie ausgeführt. Im nächsten Januar lag der schicksalsträchtige Tanzabend fünf Jahre zurück, und im Februar feierte der Kleine seinen ersten Geburtstag.

Atli erinnerte sich noch genau an ihren Einzug, an einem strahlend schönen Sommertag, das Haus hatte bezaubernd ausgesehen. Das eine oder andere musste noch gemacht werden, aber sie hatten von der ersten Nacht an gut darin geschlafen, Emma war inzwischen schwanger und Atli voller Vorfreude auf seine Vaterrolle. Er hatte sich beim Bau ordentlich ins Zeug gelegt, aber er musste zugeben, dass sie dieses Projekt nur dank der finanziellen

Unterstützung der Schwiegereltern bewerkstelligt hatten. Hier und da ließ sich etwas sparen, indem man selbst Hand anlegte, aber dennoch war es ein teures Unterfangen, ein ganzes Haus zu bauen und einzurichten.

Und dann die Geburt des Jungen, vom ersten Moment an war er kräftig und gesund gewesen, ein wahres Goldstück, das Wertvollste, was sie hatten.

Bevor er Emma kennenlernte, war Atli in einer längeren Beziehung mit einem Mädchen aus dem Norden gewesen, die gut begonnen und schlimm geendet hatte. Sie wohnten zusammen auf dem Land, aber sie ertrug die lange Trennung während Atlis Seefahrten nur schlecht. Die Beziehung war mehrmals um ein Haar daran zerbrochen, doch sie hatten einander immer wieder eine Chance gegeben, beide Besserung gelobt, aber irgendwie schien das Band, das sie zusammenhielt, vergiftet zu sein, und schließlich hatte es den großen Knall gegeben. Zu dem Zeitpunkt hatten sie schon über das Thema Kinder und einen Umzug nach Reykjavík gesprochen, und als Atli einmal in der Stadt zu tun hatte, traf er auf besagtem Ball Emma. Seine ehemalige Freundin behauptete, Emma hätte ihr Atli gestohlen, und sie prophezeite ihm, dass sie zusammen nicht glücklich werden würden. Mit aller Macht hatte sie versucht, ihn zu halten, erst mit Schmeicheleien, dann mit Drohungen, aber es hatte nichts bewirkt. Er hatte sich endgültig von ihr getrennt, sie war im Norden geblieben, er nach Reykjavík gegangen. Kurz darauf zog er mit Emma zusammen, zunächst in eine große Kellerwohnung in Emmas Elternhaus. Hin und wieder dachte Atli natürlich an seine Ex-Freundin, doch sie hatten keinen Kontakt mehr und waren sich nie wieder begegnet. Damals arbeitete sie im Kühlhaus, aber sie hatte immer davon gesprochen, dass sie sich weiterbilden wollte. Er hatte keine Ahnung, was aus ihr geworden war. Emma hatte einen Abschluss von der Mädchenschule in der Tasche und arbeitete als Sekretärin im Ministerium, als sie sich kennenlernten. Sie war fünf Jahre jünger als Atli und deutlich belesener als er. Ihre Freundinnen waren erstaunt über ihre Partnerwahl gewesen, und auch seine Freunde verstanden nicht, wie dieses wohlhabende, schöne Mädchen sich in den armen Arbeitersohn verlieben konnte.

Die Apfelkiste war schwerer, als Atli es in Erinnerung hatte, und ein paarmal wäre er auf dem glatten Weg zurück zum Haus beinahe ausgerutscht. Dennoch hatte dieser Marsch mit den Äpfeln durch den Schnee etwas unglaublich Weihnachtliches. Beim Haus der Nachbarn hörte er den Chorgesang der Messe, wunderschöne, weihnachtliche Klänge. Seine Mutter war eine gute Sängerin gewesen, hatte ihr Talent aber nie ausleben können. Sie hatte von morgens bis abends geschuftet und keine Zeit für Hobbys gefunden. Der einzige Luxus, den sie sich erlaubte, war ein guter Liebesroman mit einer Zigarette am Abend. Und dann war sie gestorben, viel zu jung, immer hustend und zuletzt erschöpft, körperlich am Ende, aber im Kopf noch ganz klar. Sie hatte Atli eingeschärft, dass er seine Träume verwirklichen und es zu etwas bringen solle, damit er niemals Geldsorgen haben müsse. Emma hatte sie noch kennengelernt, aber den Kleinen nicht mehr, und auch nicht das schöne Einfamilienhaus. Dennoch glaubte er, dass sie von irgendwo alles beobachtete und stolz auf ihren Enkelsohn war.

Seinen Vater kannte Atli nicht, und er wusste kaum etwas über ihn. Seine Mutter hatte nie darüber reden wollen, es sei nur eine kurze Bekanntschaft gewesen, und sie wisse nicht, was aus ihm geworden sei. Noch nicht einmal seinen Vornamen hatte sie Atli genannt, als wäre selbst das ein Geheimnis. Ein Geheimnis, das sie mit ins Grab genommen hatte. Atli war 1925 auf die Welt gekommen. Vermutlich war sein Vater um die Jahrhundertwende geboren und heute um die sechzig Jahre alt, vielleicht auch älter. Manchmal sah er einen wohlhabenden Herrn vor sich, vielleicht einen dänischen Beamten, der kurz in Island gewesen war, oder auch eine bekannte isländische Persönlichkeit. Wusste er von Atli? Beobachtete er ihn vielleicht aus der Ferne, oder war ihm gar nicht bewusst, dass er einen Sohn hatte? Und einen Enkel? Manchmal vermutete oder vielmehr befürchtete Atli, dass sein Vater ein Pechvogel gewesen war, der schon nicht mehr lebte und für den seine Mutter sich schämte. Nach der Geburt seines Sohnes hatte Atli besonders viel darüber nachgegrübelt, denn er wollte natürlich wissen, welche positiven und negativen Eigenschaften sein Vater dem Jungen vererbt haben konnte. Er wollte weitersuchen, hatte nach dem Tod seiner Mutter schon hier und da unauffällig nachgefragt.

Noch wusste er nichts, aber manche Dinge klärten sich ja auch ganz plötzlich, wenn man gar nicht mehr damit rechnete. Seine Mutter kam vom Land, stammte aus einer Arbeiterfamilie, und irgendwann würde Atli sich auf die Spuren ihrer Familie begeben, auf eine Art Forschungsreise. Irgendwo musste doch jemand Bescheid wissen. In den alten Kirchenbüchern hatte Atli schon nachgeschaut, aber dort stand nur: Vater unbekannt.

In seiner Erinnerung waren sie an Weihnachten immer zu zweit gewesen, er und seine Mutter, und sie hatten es immer schön gehabt. Sie hatte ihm beigebracht, herzlich und respektvoll mit anderen Menschen umzugehen, zu lieben. Und er liebte seinen Sohn über alles und wollte alles dafür tun, dass sein erstes Weihnachtsfest und alle, die danach kamen, wunderbar und zauberhaft sein würden, mit überraschenden Geschenken unter dem Baum, sorgfältig ausgewählt, köstlichem Weihnachtsbratenduft in der Luft, schönen Klängen aus dem Radio, gehüllt in bedingungslose Liebe. Und natürlich mit Weihnachtsäpfeln, die der Kleine bestimmt genauso schätzen lernen würde wie sein Vater.

Emmas Weihnachtsfeiern waren ganz anders gewesen. Sie war ein Einzelkind, und ihre Familie wohnte seit Jahrzehnten in einer großen Villa in Þingholt, im Zentrum von Reykjavík. Dort hatte es sicher nie an Äpfeln gemangelt. Es fiel ihm schwer, Geld von seinen Schwiegereltern anzunehmen, doch manchmal überwand er sich. Für ihr Kind waren ein solides Haus und ein sicheres Auto wichtig.

Kein Luxus, aber auch keine Armut. Atli hatte miterlebt, wie seine Mutter um jeden Bissen gekämpft hatte, und er wollte in dieser Hinsicht nicht in ihre Fußstapfen treten, wenn es sich vermeiden ließ. Aber Atli war erfinderisch und kerngesund, außerdem ziemlich klug – wenn man das von sich selbst behaupten durfte. Er würde sich durchschlagen, wenn Schwierigkeiten auf sie zukämen, und vor allem würde er seinen Jungen beschützen, den kleinen Sonnenschein, der jetzt in seinem Bettchen lag und schlafen durfte, bis sie die Geschenke auspackten.

Kurz vor dem Haus blieb er stehen, atmete tief ein, schloss für einen Moment die Augen und versuchte, sich diesen schönen Abend in allen Details einzuprägen, das erste Weihnachtsfest mit dem Jungen. Die Apfelkiste wurde ihm langsam schwer; was freute er sich auf den ersten Bissen. Auch in dieser Straße, die Emma und er ausgesucht hatten, fühlte er sich wohl, das Viertel war lebendig, mit vielen spielenden Kindern und freundlichen Nachbarn.

Die Lichterkette, die Atli am Dachfirst befestigt hatte, brannte hell und erleuchtete das Haus, Frieden lag über ihrem schönen Heim. Im Ofen brutzelte der Braten, ein bisschen später als geplant, aber das machte nichts.

Er lief weiter über den gefrorenen Schnee, auf dem seine Schuhe keine Abdrücke machten, sein Gang zum Auto hinterließ keine sichtbaren Spuren, nur die Erinnerung daran blieb. An der Eingangstreppe musste er besonders aufpassen, dass er nicht ausrutschte. Er versuchte, die

Haustür mit dem Ellbogen zu öffnen, um die Kiste nicht abstellen zu müssen.

Beim ersten Versuch klappte es nicht, und auch nicht beim zweiten. Atli zögerte, dann stellte er die Kiste doch ab. Auch mit der Hand ließ sich die Tür nicht öffnen. Sie war abgeschlossen.

Er überlegte in aller Ruhe.

Hatte er die Tür wirklich entriegelt?

Natürlich hatte er das, er erinnerte sich genau daran, hatte ja sogar noch einmal überprüft, ob sie offen war.

Und das war sie gewesen, vorhin, aber während er zum Wagen gegangen war, hatte sie jemand verriegelt. Hin und zurück hatte er nur wenige Minuten gebraucht. Er blickte sich um, sah niemanden, dann spähte er ins Haus, aber im Erdgeschoss waren die Gardinen zugezogen. Jetzt schlug sein Herz schneller. Noch nicht einmal seine Jacke hatte er vorhin übergezogen. Er klopfte seine Hosentaschen nach dem Schlüssel ab, aber er hatte ihn nicht mitgenommen, genau deshalb hatte er ja die Tür entriegelt.

Er klingelte und klopfte gleichzeitig fest an die Tür, wartete in der Kälte, die Sekunden krochen dahin, und währenddessen wurde ihm klar, dass jemand das Haus betreten haben musste.

Und diese Person hatte die Tür abgeschlossen – und Atli ausgesperrt.

Auf einmal empfand er die Kälte als beißend, und Panik erfasste ihn.

Er klopfte wieder, schlug mit aller Kraft an die Tür, aber aus irgendeinem Grund schrie er nicht, sondern stand da und versuchte, in sein Haus zu gelangen, das er für Emma und den Jungen gebaut hatte. Von den Nachbarn war nichts zu sehen, die feierten schon Weihnachten. Niemand bekam etwas mit.

Noch einmal versuchte er, die Tür zu öffnen, in der schwachen Hoffnung, dass er sich geirrt hatte, dass er mit ausreichend Willensstärke schon ins Warme kommen würde.

Gleichzeitig hoffte er, dass alles in Ordnung war, dass nichts passiert, dass niemand ins Haus eingedrungen war. Doch der Weihnachtsfrieden war gestört, das war ganz deutlich zu spüren.

Er dachte an Emma, an seinen kleinen Jungen, dann an das Essen im Ofen, die brennende Kerze auf dem Tisch, die Geschenke unter dem Baum, die Messe im Radio ...

Da stand er, als wäre er selbst der Eindringling, kam am Heiligen Abend nicht in sein eigenes Haus, stand draußen im Dunkeln, spürte die Angst.

Unvermittelt hörte er auf zu klopfen, stand hilflos und wie erstarrt vor der Tür, hoffnungslos, in rasender Sorge, dass etwas Furchtbares passiert war.

Diese verdammten Äpfel ...

Dann besann er sich, nahm alle Kraft zusammen, spürte die Kälte nicht mehr, das Blut rauschte durch seine Adern, er nahm einen kurzen Anlauf – so weit es die Treppe zuließ – und warf sich gegen die Tür, die er vor Kurzem in die Angeln gehängt hatte. Sie wackelte leicht, und in ihm flackerte die Hoffnung auf, dass er mit Gewalt ins Haus gelangen könnte.

Er versuchte es noch einmal.

November 1980

I

Schweißgebadet fuhr Hulda Hermannsdóttir aus den Kissen hoch.

Sie hatte von ihrem Vater geträumt, mal wieder, obwohl sie keine Ahnung hatte, wie er aussah, nur wusste, dass er als amerikanischer Soldat kurz auf Island stationiert gewesen war. In ihren Träumen war er ein schöner Mann, oft in Uniform, wie einem amerikanischen Kinofilm entsprungen. So hatte sie ihn sich immer vorgestellt, seit sie von ihrer Mutter erfahren hatte, dass er beim Militär gewesen war.

Bald hatte Hulda Geburtstag. Sie wurde dreiunddreißig Jahre alt. Immer, wenn sie Geburtstag feierte – meist in kleinem Rahmen –, überlegte sie, was ihr Vater ihr wohl schenken würde, wenn er von ihr wüsste.

Vielleicht wusste er tatsächlich, dass er eine Tochter hatte, wollte aber nichts mit ihr zu tun haben? Das war der bitterste Gedanke von allen.

Sie hörte Kinderweinen, vielleicht hatte nicht der Traum sie geweckt, sondern Dimma. Das gedämpfte Weinen kam aus dem Nachbarzimmer, wo ihre Tochter schlief. Mit ihren sechs Jahren wachte sie nachts nicht mehr oft auf, aber dann und wann kamen diese Albträume. *Ich habe schlecht geträumt, Mama,* sagte sie dann.

Hulda tastete nach Jón, doch dann fiel ihr ein, dass er an diesem Morgen eine Sitzung hatte. Hulda hatte frei. Die letzten Wochen bei der Polizei waren anstrengend gewesen, aber jetzt lag endlich ein Wochenende mit der Familie vor ihr, vor allem mit Dimma.

Hulda stand auf, rieb sich den Schlaf aus den Augen und ging zu ihrer Tochter. Sie schlummerte friedlich, vielleicht war der Albtraum nur kurz gewesen und schon wieder vergessen. Es war Sonntagmorgen, und Dimma musste nicht in die Schule.

Hulda schlich zurück ins Schlafzimmer und warf einen Blick auf die Uhr auf dem Nachttisch. Schon nach zehn, sie hatten beide wunderbar lang geschlafen.

Es war nicht ungewöhnlich, dass Jón an einem Sonntagmorgen arbeitete, auch wenn er meist versuchte, alles auf den Samstag zu legen und sich den Sonntag frei zu halten. Er war ständig unterwegs, rackerte sich ab, alles im Einvernehmen mit der Familie, wie er sagte, doch Hulda hatte das Gefühl, dass er sich gern viel und sogar zu viel Arbeit auflud, dass er den Stress und den Nervenkitzel suchte und mit jedem neuen Projekt immer wieder alles riskierte – sie konnte nur hoffen, dass er zumindest die Familie nicht in finanzielle Schwierigkeiten brachte. Ihr Gehalt bei der Polizei war zwar nicht schlecht, aber den Lebensunterhalt für die ganze Familie plus die Raten für die Wohnung konnte sie damit nicht stemmen.

Hulda musste sich eingestehen, dass Jón und sie sich in den letzten Monaten entfremdet hatten. Sie arbeiteten beide viel, und Dimma war nicht mehr – wie in den ersten Jahren – das verbindende Element zwischen ihnen, der Kitt, der ihre Beziehung zusammenhielt. Zuerst hatte Jón die Familie sogar vergrößern wollen, es sich dann aber anders überlegt, obwohl Hulda gern wollte und ihn immer mal wieder darauf ansprach. *So ist es angemessen, für den Moment, wir haben beide so wenig Zeit*, sagte er dann, hatte immer irgendwelche Ausreden, das nervte Hulda. Manchmal kam er erst spätabends nach Hause. Nicht dass sie glaubte, dass er irgendetwas Verbotenes tat, es ärgerte sie einfach, dass ihm die Geschäfte – Immobilienspekulationen und solche Dinge – wichtiger waren als die Familie, als Hulda und Dimma. Vielleicht würde ihre Beziehung irgendwann auseinanderbrechen, auch wenn sie hoffte, dass es nicht so weit kam. Jón war ein guter Vater, aber irgendwie verhielt er sich Dimma gegenüber distanzierter als in den ersten Jahren. Vielleicht war das ganz normal, vielleicht auch nicht – sie hatte keine Ahnung.

Sie hatten ein Haus auf der Halbinsel Álftanes ins Auge gefasst und sprachen immer mal wieder darüber, meist auf ihre Initiative. Das Haus gehörte Freunden von Jóns Familie, ältere Eheleute, die nach dem Auszug der Kinder überlegten, sich zu verkleinern. Genaueres stand noch nicht fest, aber es war klar, dass das Haus ein Vermögen kosten würde, denn es stand auf einem tollen Grundstück direkt am Meer. Sie hatten es sich schon zweimal ansehen dürfen, das erste Mal im Hochsommer. Sie hatten bei schönstem Wetter im Garten gesessen, umgeben von Vogelgesang und Meeresrauschen, und Hulda hatte gedacht: *Hier bin ich zu Hause.* Die Ausstattung war etwas in die Jahre gekommen, aber mit einer guten Finanzierung ließ sich das richten. Wie immer ging es ums Geld, denn Jón wollte, dass sie ein besseres Leben führen würden als die Durchschnittsfamilie. Hulda hielt sich zurück, was seine Geschäfte anging, bis auf ihre regelmäßige Ermahnung, dass er sich an die Gesetze halten sollte, auch wenn sie nicht glaubte, dass er die Grenzen des Legalen jemals überschreiten würde. Sie hielt ihn für einen knallharten und geschickten, aber grundehrlichen Geschäftsmann.

Auch wegen Dimma war das Geld wichtig. Hulda wollte dem Mädchen ein schönes, möglichst sorgenfreies Leben ermöglichen. Die Kleine war süß und wirklich reizend, und auch wenn ihr Name Dunkelheit bedeutete, war sie ein zufriedener blonder Engel.

Wenn es mit dem Haus auf Álftanes nichts würde, wollte Hulda am liebsten ganz rausziehen, in irgendein Dorf am Meer. Darüber hatte sie noch nicht mit Jón gesprochen, weil sie bezweifelte, dass er sich ein Leben jenseits des Hauptstadtgebiets vorstellen konnte. Jedenfalls musste sie für dieses Gespräch den richtigen Moment abpassen. Für sie war es wichtig, ein Fenster öffnen und die Meeresluft atmen, bis zum Horizont blicken zu können und zu spüren, dass sie frei war, dass nichts sie aufhalten konnte. Die Aussicht aus ihrer jetzigen Wohnung konnte ihr das nicht bieten, und auf den Meerblick musste sie wohl noch eine Weile warten. In der Zwischenzeit würde sie sich mit Bergsteigen begnügen, um diese Freiheit zu spüren, wenn auch vielleicht nicht gerade jetzt im tiefsten Winter. Sie dachte daran, dass ihre letzte Wanderung schon einige Zeit zurücklag, und die letzte gemeinsame mit Jón noch länger. Das alles ging ihr durch den Kopf, während sie sich einen ersten Kaffee kochte. Den würde sie trinken und ein gutes Buch dazu lesen, bis Dimma aufwachte.

Mutter und Tochter hatten einen schönen Sonntag miteinander verbracht. Das Wetter war wunderbar gewesen, und sie waren zum Spielplatz spaziert, die frische Luft tat Hulda gut und Dimma anscheinend auch, jedenfalls hatte sie sich nicht beklagt. Gegen Mittag hatte Jón sich gemeldet, die Sitzung ziehe sich hin, er sei mit seinem Geschäftspartner an einem Grundstück dran, *eine tolle Chance* – wie die meisten seiner Projekte. Inzwischen war es Abend, und Jón war immer noch nicht zurück.

Dimma schlief schon, hatte sich gemütlich ins Bett gekuschelt und von Hulda in den Schlaf singen lassen. Die Lieder hatte Hulda aus dem Liederbuch, nicht von früher, denn ihre Mutter hatte ihr nie Schlaflieder gesungen. An ihre ersten Lebensjahre, die sie im Heim verbracht hatte, konnte sie sich nicht erinnern, und später bei ihrer Mutter war sie immer allein und im Dunkeln eingeschlafen. Die Dunkelheit machte ihr inzwischen keine Angst mehr, aber das Eingesperrtsein. Und genau aus diesem Grund war es ihr so wichtig, immer hinausgehen zu können, deshalb brauchte sie den freien Blick aufs Meer.

Eigentlich hatte es heute Lamm geben sollen, ein richtiges Sonntagsessen, aber da Jón nichts von sich hören ließ, hatte sie stattdessen bloß Suppe aufgewärmt. Jetzt saß sie auf dem Sofa, mit demselben Buch wie am Morgen. Die Nachrichten waren vorbei, und sie wartete darauf, dass die neue Serie mit Richard Chamberlain anfing, in den sie ein wenig verknallt war, seit er Dr. Kildare gespielt hatte. Sie wollte die Zeit nicht damit vergeuden, auf Jón zu warten, sondern das Beste aus dem Abend machen, mit ihrem Buch und der Serie. Um Viertel nach neun, als die Serie gerade angekündigt wurde, klingelte das Telefon. Hulda seufzte, hatte keine Lust aufzustehen. Wozu auch? Um sich noch weitere Ausflüchte von Jón anzuhören? Er hatte ihr schon gesagt, dass er bis zum Hals in Arbeit steckte, das musste sie sich nicht noch mal anhören. Sie ärgerte sich schon genug darüber, dass er so lange wegblieb, und darüber, dass das Lammfleisch aufgetaut im Kühlschrank lag. Jetzt mussten sie es Anfang der Woche essen, denn bis zum nächsten Sonntag würde es sich nicht halten. Dabei war so ein Festmahl unter der Woche völlig überzogen. Keiner würde es richtig genießen können, abgesehen davon, dass Hulda gar keine Zeit hatte, es richtig zuzubereiten, denn ihr Dienst dauerte in den nächsten beiden Tagen bis neunzehn Uhr. Ihre Mutter würde Dimma von der Schule abholen. Eines musste man ihr lassen, sie versuchte, ihre Lieblosigkeit und Abwesenheit in Huldas Kindheit wiedergutzumachen, indem sie für Dimma da war. Ihre ganze Liebe galt der Enkelin, auch die, die sie Hulda damals vorenthalten hatte.

Nach dem dritten Klingeln stand Hulda auf. Es schrillte durch die ganze Wohnung, dieses grüne ausländische Telefon war deutlich lauter als das alte.

Beim vierten oder fünften Klingeln ging sie ran.

»Hallo?«, sagte sie unnötig scharf, aber sie war nun mal genervt, und noch dazu verpasste sie den Beginn der Serie, auf die sie sich so gefreut hatte. Erst machte Jón ihr den Tag kaputt und mit seinem Anruf jetzt auch noch den Abend.

»Hulda, bist du das? Bitte entschuldige, dass ich so spät anrufe, zu dieser unchristlichen Zeit.«

Hulda erkannte sofort Sölvis Stimme. Er war ihr Abteilungsleiter bei der Kriminalpolizei. Seit diesem Herbst hatte sie endlich einen Chef, den sie mochte. Sölvi war in ihrem Alter, ein bisschen jünger sogar, und hatte einen steilen Aufstieg bei der Polizei hingelegt. Er stammte aus einer angesehenen Familie, sein Vater war früher Minister gewesen, jetzt Botschafter, und seinem Sohn standen alle Türen offen. Er war ein ausgezeichneter Polizist und ein noch besserer Chef. Er hatte sogar noch eine weitere Frau eingestellt, sodass Hulda nicht mehr die einzige Frau im Büro war.

Es war ein hartes Stück Arbeit gewesen, als Frau Teil der frisch gegründeten Kriminalpolizei zu werden. Die ganze

Zeit über hatte Hulda das Gefühl, dass sie bei der Polizei nicht wirklich willkommen war, sowohl in der Hverfisgata als auch später bei der Kriminalpolizei – bis Sölvi auf den Plan trat. Er interessierte sich für sie und sprach von sich aus an, dass sie nicht richtig gefördert wurde. *Du leistest herausragende Arbeit in dieser Abteilung, Hulda*, hatte er gesagt, und sie hatte abends mit seinem Lob vor Jón geprahlt.

»Alles gut«, antwortete Hulda auf Sölvis Entschuldigung.

»Ich wollte fragen, ob du morgen etwas früher kommen kannst, schon vor neun? Eigentlich würdest du ja erst mittags kommen, oder?«

»Ja, genau, ähm ...« Auch wenn sie früher zur Arbeit ging, konnte sie Dimma zur Schule bringen. Obwohl sie sich schon auf einen ruhigen Vormittag gefreut hatte. »Kein Problem, ich kann früher kommen. Um kurz vor neun?«

»Das wäre toll, ja.« Er schwieg einen Moment, als überlege er, wie viel er schon verraten sollte. Sie wartete ab und lauschte währenddessen in Richtung Fernseher. Es war so ärgerlich, den Anfang einer Serie zu verpassen.

»Sagt dir der Háagerði-Fall etwas?«, hörte sie Sölvi sagen.

Háagerði, ja, irgendetwas war da, aber sie konnte sich an keine Details erinnern.

»Warte mal, das ist schon ziemlich lange her, oder?«, fragte sie.

»Zwanzig Jahre. Furchtbar. Wir waren ja damals ungefähr im selben Alter, ich hatte nur noch vage Erinnerungen daran, habe aber heute einiges darüber gelesen.« Hulda sagte nichts, wollte Sölvi reden lassen. Er erzählte gern. Sie sah ihn vor sich, das dunkle gewellte Haar, das Funkeln in den Augen, mit dem er die Menschen immer sofort auf seine Seite zog. Hulda ahnte, dass diese Stelle nur eine kurze Zwischenstation für ihn sein würde, vielleicht für ein Jahr, vermutlich nicht viel länger. Dann ging es für ihn mit Sicherheit eine oder gleich mehrere Stufen weiter nach oben, und dann hätte sie in ihm einen mächtigen Verbündeten. Sie hatten etwa einen Monat zusammengearbeitet, da hatte er sie in der Kaffeeküche beiseitegenommen, in den höchsten Tönen gelobt und gesagt, dass sie unterschätzt werde: *Du musst den nächsten Schritt machen, Personalverantwortung übernehmen.* Noch nie hatte sich jemand ihr gegenüber so anerkennend geäußert oder auch nur angedeutet, dass sie Karriere machen könnte. Endlich war da ein Mann, der den Frauen auf Augenhöhe begegnete, der an Hulda glaubte. Sie war sich sicher, dass 1981 das Jahr sein würde, in dem sie endlich die verdiente Beförderung bekam.

»Das war Weihnachten 1960«, berichtete er. »Furchtbar. Ein junges Ehepaar in Háagerði, Atli und Emma und ihr knapp einjähriger Sohn. Frisch eingezogen in ihr neues Heim, mit dem kleinen Baby, alles perfekt. Und dann ...«

Sölvi machte eine kurze Pause, und Hulda musste an Jón und Dimma denken und an das Haus, das sie auf

Álftanes kaufen wollten. *Alles perfekt.* Und dann passierte etwas Furchtbares …

»Am Heiligen Abend musste Atli noch mal kurz zum Wagen zurück, die Weihnachtsäpfel holen.«

»Weihnachtsäpfel?«

»Ja. Damals gab es Einfuhrbeschränkungen für Äpfel, und man kam nur sehr schwer an Obst ran, daher waren die Weihnachtsäpfel heilig …«

Hulda konnte sich nicht daran erinnern, dass es bei ihnen an den Feiertagen Äpfel gegeben hatte. Vielleicht fehlte das Geld dafür, oder ihrer Mutter war es nicht wichtig gewesen, schöne Erinnerungen zu schaffen.

»Verstehe.«

»Er war nicht lange weg, nur ein paar Minuten. Sie wohnten ganz hinten in einer Sackgasse – ein tolles Grundstück –, und der Wagen stand ein Stück entfernt. Laut Bericht hat er sich auf dem Weg zum Auto nicht umgedreht, hat mit nichts Bösem gerechnet an diesem stillsten Abend des Jahres. Ach ja, er hatte die Tür entriegelt, bevor er gegangen ist. Hatte keinen Schlüssel mitgenommen und wollte seine Frau nicht stören, die im Erdgeschoss ein Bad nahm. Der Junge schlief oben im Kinderzimmer. Alles ganz normal, würde ich sagen, man geht kurz raus und lässt die Tür offen, weil wir in Island leben, wo nichts Schlimmes passiert, schon gar nicht an einem friedlichen Heiligabend.«

»Und was ist passiert?«, fragte Hulda.

»Jemand hatte sich ins Haus geschlichen und das Kind geraubt.«

Hulda schnappte nach Luft. Jetzt erinnerte sie sich wieder daran, sie hatte es auch mitbekommen, es nur nicht mit Háagerði verknüpft, aber natürlich hatten sie in der Schule darüber gesprochen, dass ein Baby aus seinem Zuhause entführt worden war.

»Ja, ich erinnere mich.«

»Jemand hat das Kind mitgenommen, einen knapp einjährigen Jungen, und seinen Teddy. Völlig verrückt. So etwas hatte es hier noch nie gegeben. Als Atli zurückkam, die Kiste Äpfel im Arm, war die Tür verriegelt. Er hat geklingelt, geklopft, noch ohne böse Vorahnung. Irgendwann kam seine Frau an die Tür, frisch aus der Wanne, und keiner von beiden ahnte, was passiert war. In dem Bericht steht, dass Atli einen kalten Windzug gespürt hat, als er ins Haus kam, ohne dass er dem eine Bedeutung beigemessen hätte. Als er von Emma wissen wollte, warum sie ihn ausgesperrt hatte, wusste sie von nichts. Daraufhin ist er sofort ins Obergeschoss geeilt, um nach dem Kind zu sehen, und da kam der Schock. Der Junge war weg, spurlos verschwunden ...«

»Und der kalte Windzug ...« Hulda zählte eins und eins zusammen.

»Ganz genau. Die Details kannst du der Akte entnehmen. Die Tür zum Garten stand offen, und die ließ sich nur von innen öffnen, eine Terrassentür. Durch die war der Eindringling verschwunden. Alles deutete darauf hin, dass die Person das Haus beobachtet und auf die passende Gelegenheit gewartet hat, um durch die unverschlossene

Eingangstür ins Haus zu gelangen. Diese Person hat die Tür hinter sich verriegelt, das schlafende Kind – und seinen Teddy – genommen und ist durch die Gartentür geflohen. So dreist und herzlos und ...«

Es schauderte Hulda bei dem Gedanken.

»Wurde das Kind gefunden?«, fragte sie, obwohl sie meinte, die Antwort zu kennen.

»Nein. Das ist der Punkt. Der Junge wurde nie gefunden, das liegt jetzt zwanzig Jahre zurück.«

Ja, Sölvi hatte Freude am Geschichtenerzählen und war ganz in seinem Element, doch das allein konnte nicht der Grund sein, weshalb er an einem Sonntagabend anrief und von diesem alten Kriminalfall erzählte.

»Und keine Hinweise?«

»Nein, bis heute Nachmittag. Deshalb rufe ich an.«

Hulda stockte der Atem.

»Der Teddy wurde gefunden, in einer Anglerhütte im Norden.«

»Und ist es sicher der Teddy des Jungen?«

»Es scheint so. Der Name des Jungen war eingestickt – ein Geschenk von seinen Großeltern. Damals war der Teddy in allen Zeitungen beschrieben worden. Beim Aufräumen ist er einer Frau da oben in die Hände gefallen, und zum Glück hat sie gleich die Polizei informiert. Hoffentlich wissen wir bald mehr. Ich will, dass du die Ermittlungen übernimmst, Hulda, unter meiner Führung.«

Aus irgendeinem Grund zögerte sie, vermutlich weil sie noch nie einen so wichtigen Fall übernommen hatte, wobei *unter meiner Führung* natürlich vieles bedeuten konnte. Aber Sölvi war anders als ihre bisherigen Chefs, gehörte einer anderen Generation an – ihrer eigenen Generation –, ging offen auf die Leute zu, übte konstruktiv Kritik. Und das Wichtigste: Er schloss Frauen nicht von vorneherein von der Polizeiarbeit aus.

Schließlich antwortete sie: »In Ordnung. Ich freue mich.« Sie durfte nicht zögern, musste jede Chance nutzen.

»Dann sehen wir uns also morgen früh? Es gibt viele Details, die wir uns anschauen müssen, und früher oder später wirst du in den Norden fahren.«

»Ja, natürlich«, antwortete sie, und die Vorstellung, eine Weile zu verschwinden und Jón die Verantwortung für Dimma zu überlassen, war nicht die schlechteste. In letzter Zeit hockte sie mehr allein zu Hause, als ihr recht war, während er ständig irgendwelche Termine hatte und erst spätabends schlecht gelaunt nach Hause kam. Jetzt konnte er sich mal um die Kleine kümmern, sie zur Schule bringen, wieder abholen und Zeit mit ihr verbringen.

Das klang doch gar nicht so schlecht.

»Dann bis morgen früh, Hulda«, verabschiedete Sölvi sich freudig.

Hulda legte auf, lief in Dimmas Zimmer und drückte sie an sich, als ob sie sich das erste und letzte Mal sähen.

II

Am Montagmorgen wachte Hulda in aller Frühe auf, nach einer schlechten Nacht und aufgeregt wegen ihrer neuen Aufgabe. Trotz des verpassten Serienanfangs hatte Richard Chamberlain sie nicht enttäuscht, und sie konnte sich auf weitere wunderbare Sonntagabende mit den Siedlern in Centennial freuen. Anschließend hatte sie – zur Sicherheit – noch einmal nach Dimma geschaut und war gegen Mitternacht eingeschlafen. Jón war später ins Bett gekommen, wovon sie wach geworden war, und danach hatte sie nicht mehr in den Schlaf gefunden.

Beim Morgenkaffee hörte sie wie immer die Nachrichten im Radio. Die neue Präsidentin Vigdís Finnbogadóttir würde heute ihre erste Sitzung im Parlament abhalten. Hulda hatte sie gewählt, ganz klar, die einzige Frau, die kandidierte, keine Frage. Jón hatte natürlich anders entschieden. In solchen Dingen gab es bei ihm selten Überraschungen. Und schließlich, verkündete der Nachrichtensprecher, warte das britische Volk darauf, dass Prinz Charles um die Hand seiner Freundin Diana anhalte. Am Freitag war Charles zweiunddreißig Jahre alt geworden, und man hatte bereits zu diesem Anlass mit der frohen Kunde gerechnet, doch es war nichts passiert. Vor drei Jahren war der Prinz einmal zum Angeln in den Osten Islands gereist. Hulda war für seine Sicherheit verantwortlich gewesen und hatte sogar ein paar Worte mit ihm gewechselt. Darüber durfte sie natürlich mit niemandem sprechen, nur Jón hatte sie davon erzählt, doch der war völlig unbeeindruckt gewesen.

Beim Frühstück war Zeit für ein kurzes Gespräch zwischen Hulda und Jón, und sie erwähnte, dass sie vermutlich für ein paar Tage in den Norden reisen müsse. Jón lächelte, nickte und sagte, dass er sich auf ein bisschen gemeinsame Zeit mit Dimma freue.

Hulda war erleichtert angesichts seiner Reaktion und dachte, dass ein paar Tage Trennung auch ihnen als Ehepaar sicher guttun würden.

Trotz der Kälte sprang der Fiat sofort an. Er war schon in die Jahre gekommen, ein Gebrauchtwagen, den Hulda und Jón sich teilten, hellblau und verlässlich. Dafür war sie dankbar, obwohl sie lieber einen grünen Wagen gehabt hätte, in der Farbe des Telefons. Die Marke war ihr im Grunde egal, wobei sie insgeheim für einen zweitürigen Škoda schwärmte, der war ihr Traumauto.

Sie konzentrierte sich aufs Hier und Jetzt, fuhr Dimma zur Schule, lieferte sie etwas zu früh dort ab und machte sich auf den Weg zur Arbeit, im Morgendunkel und in der Novemberkälte. Sie hatte die Heizung voll aufgedreht und gleichzeitig das Fenster ein Stück runtergekurbelt, um frische Luft hereinzulassen. Eines Tages würde sie diese Strecke – oder die von Álftanes aus – in ihrem schicken grünen Škoda fahren. Bei diesem Gedanken lächelte sie.

Sölvi empfing sie in seinem Büro. Für einen Montagmorgen sah er erstaunlich gut aus, als wäre er schon seit Stunden wach, ausgeschlafen und hielte nicht seinen ersten Kaffee in der Hand. Er lächelte Hulda an.

»Setz dich, und danke, dass du so früh gekommen bist, das weiß ich zu schätzen.«

»Wir dürfen keine Zeit verlieren«, entgegnete sie.

»Na ja. Das Kind ist vor zwanzig Jahren verschwunden, und niemand weiß, wie lange der Teddy da schon herumlag – aber: Ich traue dir zu, dass du es für mich herausfindest. Vielleicht solltest du als Erstes mit dem Kollegen sprechen, der damals für uns ermittelt hat.«

»Er lebt also noch?«

Sölvi lachte. »Und ob. Er sitzt mittlerweile im Parlament. Davíð Stefánsson, nicht mit dem Dichter verwandt. Du kennst ihn sicher.«

Hulda nickte. Dieser Davíð war in der Öffentlichkeit ziemlich präsent, saß schon lange im Parlament, auch wenn ihm die Ehre eines Ministerpostens noch nicht zuteilgeworden war. Vielleicht konnte er sich das jetzt ganz abschminken.

»Ich habe schon Kontakt zu ihm aufgenommen, ohne dir vorgreifen zu wollen, aber er hätte heute Mittag Zeit.« Dann fügte er hinzu: »Wenn du einverstanden bist.«

»Ja, natürlich. Und danach sollte ich mit den Eltern sprechen, oder?«

Sölvi zögerte.

»Tatsächlich lebt nur noch einer der beiden. Die Mutter des Jungen ist tot, jung gestorben. Der Vater geht auf die sechzig zu, Atli, ist fünfundfünfzig Jahre alt, meine ich. Ihn habe ich noch nicht kontaktiert.«

»Weißt du, was er macht?«

»Das habe ich noch nicht rausgefunden. Kümmere du dich darum. Mir scheint, er arbeitet nicht mehr. Laut Telefonverzeichnis wohnt er in Þingholt. Bei ihm muss man sicher behutsam vorgehen, es wird schmerzhaft sein, die alte Wunde nach so vielen Jahren wieder aufzureißen. Wir müssen aufpassen, dass ... ja ...« Er zögerte, und Hulda beendete seinen Satz: »... dass wir ihm keine falschen Hoffnungen machen.«

»Genau, Hulda, ganz genau. Ich wusste, dass ich auf dich bauen kann. Du machst das mit links, und du weißt, dass ich mich für dich einsetzen werde. Wenn du das Kind findest, Hulda, stehen dir alle Türen offen.«

So viel Wärme und Lob verunsicherte Hulda, das war sie nicht gewohnt, selbst von Sölvi nicht.

»Ich bin mir nicht sicher, ob ich den Jungen finden kann. Müssen wir nicht damit rechnen, dass er tot ist? Nach all den Jahren ...«

Sölvi zuckte mit den Schultern.

»Sicher, ja, aber wir gehen das völlig ergebnisoffen an. So etwas kommt vor, Kindesentführungen. Er war kein Jahr alt und wird sich an nichts erinnern, vielleicht wurde er von anderen Eltern großgezogen und hat keine Ahnung.«

Genau so hatte Hulda sich manchmal bei ihrer eigenen Mutter gefühlt, als ob sie von einer fremden Person großgezogen würde, von jemandem, der so tat, als ob er sie liebe, diese Rolle aber nicht wirklich überzeugend spielte.

»Könnte sein, vielleicht ist er irgendwo«, sagte sie.

»Zwanzig Jahre alt, und ...«

Sie schaffte es nicht, den Satz zu vollenden, weil ihre Gedanken sich selbstständig machten. Sie sah Dimma vor sich, mit zwanzig Jahren, und stellte sich vor, dass ihre Wege sich getrennt hatten, an irgendeinem Faltenwurf der Zeit. Das war natürlich absurd, doch allein die Vorstellung war so bedrückend, dass sie sich schnell wieder auf den Fall konzentrierte.

»Wo ist der Teddy?«

»Die Kollegen im Norden haben ihn an sich genommen. Wir haben es noch nicht öffentlich gemacht, wollten keine unnötige Aufmerksamkeit erregen, noch nicht. Die Frau, die den Teddy gefunden hat, behält es vorerst für sich. Er ist jetzt auf dem Weg hierher. Wir werden ihn untersuchen, auch wenn ich bezweifle, dass wir etwas finden, das uns weiterbringt. Aber wir müssen es versuchen.«

»Sobald ich hinfahre und ermittle, wird die Öffentlichkeit doch davon erfahren, oder?«

»Das ist der Punkt, Hulda«, sagte Sölvi mit verschmitztem Blick. »Ich dachte, du legst vielleicht nicht gleich alle Karten auf den Tisch.«

»Wie meinst du das?«

»Dass ihr es noch für euch behaltet, du und diese Frau, zumindest für den Moment.«

»Unter welchem Vorwand fahre ich dann hin?«

»Ich weiß auch nicht, dir wird schon was einfallen.« Hulda seufzte.

»Okay, das kriege ich schon hin«, sagte sie. »Wann soll ich aufbrechen?«

»Das entscheidest du. Vielleicht morgen, wenn du kannst – wenn du bis dahin mit Davíð und Atli gesprochen hast. Das ist doch ein guter Plan, oder?«

»Soll ich mich allein darum kümmern?«

»Mit mir, ich übernehme die Leitung, denn das ist so groß, dass ich dafür geradestehen werde, aber ansonsten ist es dein Fall.«

Hulda nickte.

»Und vielleicht kann Álfrún dich ein wenig unterstützen ...« Das klang fast wie eine Frage, und Hulda war sich nicht sicher, was sie darauf antworten sollte.

Álfrún stand mit einem Kaffee an der Spüle. Sie war fünfundzwanzig Jahre alt, kam Hulda fast noch wie ein Kind vor, obwohl der Altersunterschied gar nicht so groß war. Sie wirkte einfach noch ziemlich grün hinter den Ohren.

Gleichzeitig hoffte sie, dass sie damit nicht in denselben Vorurteilen gefangen war wie die Männer ihr gegenüber, wenn sie bezweifelte, dass eine junge Frau dieser Sache gewachsen war. Denn Álfrún hatte den Job sicher nicht ohne

Grund bekommen, und auch Hulda hatte zu Beginn ihrer Berufslaufbahn noch nicht auf alles sofort eine Antwort parat gehabt. In ihrem Job galt wie auch überall sonst: Die ersten Schritte waren besonders schwer, daher waren Unterstützung und Ansporn besonders wichtig. Beides hatte Hulda nie bekommen.

Álfrún und Hulda waren ziemlich verschieden. Schon allein optisch: Álfrún hatte langes hellrotes Haar, war ausgenommen hübsch und anziehend. Es fiel ihr leicht, Kontakte zu knüpfen, und sie hatte schnell eine gute Verbindung zu allen Mitarbeitern der Kriminalpolizei aufgebaut. Die Leute mochten sie, was Hulda von sich nicht behaupten konnte. Álfrún war ein fröhlicher Mensch, hatte eine tolle Ausstrahlung, und sie erzählte viel von ihrer Freizeit, von Tanzveranstaltungen und ihrem Freundeskreis. Während Álfrún sich wochenends vergnügte, saß Hulda zu Hause, meist allein mit Dimma, und sah fern oder las. Hulda hatte auch nicht so vielfältige Interessen wie Álfrún, im Grunde war es nur das Wandern.

»Wie war dein Wochenende, Hulda?«

Eigentlich hatte Hulda das Gespräch mit irgendetwas Belanglosem beginnen wollen, dem Wetter zum Beispiel, doch während sie noch überlegte, hatte Álfrún schon das Wort ergriffen.

Vielleicht war genau das die Stärke, die Sölvi in ihr gesehen hatte, dass sie mit jedem über alles Mögliche plaudern konnte. Alle mochten Álfrún – alle außer Hulda. Frauen sind einander die schlimmsten Feinde, auch wenn bei Hulda eher Unsicherheit und eine leichte Eifersucht dahintersteckten als die typischen Vorurteile gegenüber Frauen. Álfrún war jünger und beliebter, und auf einmal begriff Hulda: Sie fühlte sich wie in ihre Schulzeit zurückversetzt.

Sie versuchte, das Gefühl abzuschütteln.

Plaudereien über Belanglosigkeiten lagen ihr nicht, aber sie konnte mit Menschen reden – und sie zum Reden bringen. Indem sie Interesse an den Leuten heuchelte. Diese Taktik hatte sie perfektioniert. Keine Aufrichtigkeit, sondern reines Kalkül.

»Fantastisch. Endlich mal ein ruhiges Wochenende.« Hulda rang sich ein Lächeln ab. »Ich war mit meiner Familie zu Hause.« Jóns Abwesenheit ließ sie unerwähnt. »Ganz entspannt. Gestern Abend habe ich eine tolle Serie geguckt, über die ersten Siedler in Colorado. Hast du die auch gesehen? Mit Richard Chamberlain.«

»Richard was? Kenne ich nicht. Nein, ich gucke kaum Fernsehen. Das war wirklich ein verrücktes Wochenende, am Samstagabend bin ich noch mit meinen Freundinnen ausgegangen, und gestern sollte ich dann plötzlich arbeiten.«

»Ach ja?«

Mit einem Mal stand eine Konkurrentin vor Hulda. Álfrún hatte Sölvi selbst eingestellt, während er Hulda hatte übernehmen müssen. Wollte er womöglich Álfrún zu einer Karriere verhelfen, und nicht Hulda? Nein, das konnte nicht sein. Hulda war deutlich erfahrener, daher

43

war sie zuerst mit einer Beförderung dran. Sie durfte nicht immer gleich so schwarzsehen.

»Ja, Sölvi hatte einen Haufen Arbeit, irgendetwas muss auf dem Land passiert sein. Er musste noch mehrere Berichte fertig machen, daher hat er mich um Hilfe gebeten. Für mich ist das kein Problem, ohne Mann und Kinder bin ich da deutlich flexibler.« *Deutlich flexibler als du*, meinte sie wohl. »Und ich nutze gern jede Chance dazuzulernen.«

Hulda nickte. In diesem Punkt waren sie sich einig.

»Wärst du bereit, mich zu unterstützen, Álfrún? Es hat mit der Sache zu tun, die gestern aufgekommen ist, im Norden.«

»Ähm, ja ... Wenn es Sölvi recht ist ...«

Hulda hatte erwartet, dass Álfrún sich über die Gelegenheit freuen würde, mit einer Frau zusammenzuarbeiten, von der sie außerdem noch etwas lernen konnte. Und Hulda hatte einen guten Ruf, auch wenn sie noch nicht so viele Möglichkeiten gehabt hatte, sich zu beweisen. Sie erledigte alles, was man ihr auftrug, und das oft mit größerem Erfolg als ihre männlichen Kollegen. Sie legte sich ins Zeug, arbeitete so hart, wie es sein musste, und fand, dass sie außerdem auch einfach schlauer war als ihre Kollegen. Möglicherweise hatte sie in Sölvi jemanden auf Augenhöhe gefunden, denn der Mann war blitzgescheit.

»Ja, ich habe bereits mit Sölvi gesprochen«, sagte Hulda und fügte hinzu, als wolle sie vor einer Klassenkameradin prahlen: »Wir hatten heute früh schon eine Besprechung.«

»Okay, bin bereit. Wurde jemand ermordet?«

»Das ist noch unklar. Es geht um einen Jungen, der vor zwanzig Jahren entführt wurde …«

»Puh …«

»Aus einem Haus in Háagerði – sagt dir der Fall was?«

»Leider nein.«

»Sein Teddy wurde dieses Wochenende gefunden, zwanzig Jahre später. Wir sehen uns die Sache mal an, wirbeln ein bisschen Staub auf.«

»Super, ich bin dabei«, sagte Álfrún. »Was soll ich tun?«

Hulda dachte nach. Am liebsten arbeitete sie allein, aber Sölvi hatte darum gebeten, dass sie Álfrún mit ins Boot nahm. Also blieb ihr wohl nichts anderes übrig. Wenn Hulda in den Norden fuhr, war es sicher hilfreich, eine Assistentin im Büro zu haben – mitnehmen würde sie Álfrún ganz bestimmt nicht. Vielleicht könnten sie zusammen mit dem Abgeordneten sprechen. Den armen Vater wollte Hulda definitiv allein treffen. Ein so schwieriges Gespräch führte man besser unter vier Augen.

»Sölvi hat inzwischen sicher die wichtigsten Unterlagen zu dem Fall herausgesucht. Könntest du die vielleicht abholen und bei Bedarf noch weitere Dokumente zusammentragen? Vielleicht könntest du dir später in der Nationalbibliothek die Berichterstattung von damals anschauen und die wichtigsten Artikel zu dem Fall kopieren. Das war Weihnachten 1960. Die Zeitungen müsste man alle dort einsehen können, wenn nicht in Papierform, dann auf Mikrofilm. Das kriegst du hin, oder?«

Álfrún lächelte. »Natürlich.«

Dieses Mädchen war unerträglich anpackend, unerträglich erfrischend, dachte Hulda im Stillen.

»Es wäre toll, wenn du dich jetzt gleich darum kümmern könntest. Heute Mittag fahren wir zum Alþingishúsið. Wir müssen mit einem Abgeordneten sprechen.«

Wenig später lagen die gewünschten Unterlagen auf Huldas Tisch.

Es war Huldas erste Zusammenarbeit mit Álfrún, die sich tatsächlich als fleißig erwies, das musste man ihr lassen.

Die Lektüre der Protokolle und Berichte war keine schöne Aufgabe, jedes Mal, wenn der Junge erwähnt wurde, sah Hulda Dimma vor sich, ihren kleinen Engel, der jetzt schon zur Schule ging.

Der Vater und die Mutter waren befragt worden, die natürlich beide unter Schock standen. Sölvi hatte die letzten Minuten vor der Kindesentführung bereits ziemlich gut beschrieben, der Vater war kurz aus dem Haus gegangen und hatte die Tür entriegelt, und als er zurückkehrte, war sie abgeschlossen. Der Albtraum aller Eltern, aller Menschen: Ein Eindringling im Haus, und man selbst kommt nicht rein.

Auf der gefrorenen Schneedecke waren keine Fußspuren zu sehen, aber es stand fest, dass jemand in das Haus eingedrungen war, die Tür verriegelt hatte und durch die Gartentür entkommen war, in die Dunkelheit und in die Ewigkeit. Bis heute war das Kind spurlos verschwunden.

Hulda überlegte, wie Dimma in dem Alter des Jungen gewesen war, mit knapp einem Jahr. Hätte jemand einbrechen und sie aus der Wiege stehlen können, schlafend? Wäre sie nicht aufgewacht? Nicht unbedingt … Diese Tat war so dreist, unheimlich und unglaublich tragisch.

Ein Zeuge hatte Atli vom Nachbarhaus aus gesehen, wie er vor seiner Tür stand und versuchte, mit Gewalt ins Haus zu gelangen. Er hatte nichts unternommen, denn er kannte Atli vom Sehen und wollte an Heiligabend nicht die Polizei rufen, ging davon aus, dass die Eheleute in Streit geraten waren und die Frau ihren Mann vor die Tür gesetzt hatte. Dem Bericht zufolge war der Zeuge aus allen Wolken gefallen, als er erfuhr, was tatsächlich vorgefallen war.

Auch nach intensiven, gründlichen Ermittlungen blieb das Kind verschwunden. Hulda hoffte, in den Zeitungsartikeln von den Tagen und Wochen danach noch irgendwelche Hinweise zu finden, die ihr einen Anhaltspunkt geben konnten, in welche Richtung sie suchen sollte.

Stutzig machte sie Atlis Aussage, dass er beim Betreten des Hauses Bewegungen im Garten wahrgenommen habe, ohne irgendwie darauf zu reagieren. Dass die Gartentür nur angelehnt war, bemerkte er erst, nachdem er festgestellt hatte, dass das Kind verschwunden war. Er war überzeugt davon, dass er jemanden gesehen hatte und dass diese Person hell oder sogar weiß gekleidet gewesen war, denn sonst hätte er sie in der Dunkelheit vor dem Fenster nicht wahrgenommen.

Die Gartentür ließ sich nur von innen öffnen, und es gab keine Spuren eines Einbruchs. Die Person war einfach in das offene Haus spaziert und hatte das schlafende Kind mitgenommen.

Bei dem Gedanken schauderte es Hulda, und sie überlegte, ob sie dem Fall gewachsen war. Unsinn. Sie hatte diesen Beruf selbst gewählt und sich vom ersten Tag an gesagt, dass ihr kein Fall zu schwer sein, dass sie mit allen Situationen zurechtkommen würde. Das Entscheidende war, dass sie die Arbeit nicht mit nach Hause nahm, dass sie auf eine klare Trennung zwischen Berufs- und Privatleben achtete, und für gewöhnlich klappte das gut, da Jón meist gar nicht da war und sich außerdem nicht sonderlich für ihre Arbeit interessierte. Manchmal sagte er, er verdiene genug für sie beide, mehr als genug, daher müsse Hulda nicht so viel arbeiten, wenn überhaupt. Aus diesen Diskussionen entstanden die heftigsten Auseinandersetzungen. Doch sie achteten darauf, nicht vor Dimma zu streiten.

Jetzt ging die Kleine schon zur Schule, probierte sich in dieser neuen Welt aus. Manchmal vermisste Hulda sie so sehr, dass es fast wehtat. Auch wenn die Trennung von Dimma für Hulda hart sein würde, führte an der Reise nach Norden nichts vorbei. Immerhin würde es Jón mal guttun, sich intensiv um seine Tochter zu kümmern.

III

Am späten Vormittag kam der Teddy an, kurz vor Huldas und Álfrúns Aufbruch zum Parlament. Hulda durfte ihn sich in einer Plastiktüte ansehen, bevor er weiter untersucht werden sollte.

»Der sieht wirklich alt und zerschlissen aus«, stellte Sölvi fest. »Das ist mit Sicherheit nicht irgendein Teddy.«

»Die Beschreibung passt jedenfalls«, sagte Hulda. »Graublau, roter Pulli, und der Name Nonni ist eingestickt.«

Ihr Jón wurde nie Nonni genannt, noch nicht einmal von seinen Freunden. Das war ihr schon beim Kennenlernen aufgefallen und hatte die Befürchtung in ihr geweckt, dass es überhaupt keine richtigen Freunde gab, dass er Schwierigkeiten hatte, tiefere Verbindungen zu anderen Menschen einzugehen. Damit hatte sie gar nicht so falschgelegen: Jón war schweigsam, zurückhaltend und sprach nie über Gefühle.

»Ist dir in den Berichten aufgefallen«, fragte Sölvi, »dass die Farbe des Pullovers nie offiziell erwähnt wurde? Es hieß immer nur, dass es sich um einen graublauen Teddy mit jenem Namen handelt. Daher ...«

»Daher muss es der Teddy des Jungen sein?«

»Ja. Dass er genau so aussah, konnte niemand wissen, außer Atli natürlich oder den Personen, die Zugang zu der Polizeiakte hatten.«

»Oder die Familie kannten.«

»Genau. Aber das kommt mir unrealistisch vor, dieser Teddy hier ist wirklich alt, sieht sogar angenagt aus.«

»Wir sollten ein Foto machen, das ich Atli zeigen kann, wenn ich ihn heute oder morgen treffe.«

»Unbedingt. Sie sollen es sofort entwickeln, dann kannst du es gleich mitnehmen.«

Es klopfte zart an die Tür. Hulda drehte sich um und sah Álfrún im Türspalt.

»Hi, hi, störe ich?«

So salopp hätte Hulda gegenüber Vorgesetzten nie gesprochen. Na ja, eine Vorgesetzte war sie ja auch noch nicht, aber sie hatte deutlich mehr Berufserfahrung.

»Álfrún, komm rein, du störst nie«, sagte Sölvi und klang jetzt anders, noch freundlicher und beschwingter.

»Ich war in der Bibliothek, und es lief super, es war wenig los, und der Bibliothekar hat mir alles rausgesucht, zumindest die wichtigsten Artikel«, berichtete sie und legte einen dicken Stapel Papier auf Sölvis Tisch. Hulda hatte sie noch keines Blickes gewürdigt. »Hoffentlich bringt uns das weiter.«

»Gut gemacht, vielen Dank«, lobte er.

»Wir sollten aufbrechen, Álfrún«, sagte Hulda und stand auf. »Lassen wir den Abgeordneten nicht warten.«

Álfrún fuhr, und Hulda fand durchaus Gefallen daran, herumkutschiert zu werden. Sie wollte eine gewisse Distanz wahren, und Álfrún sollte sie mit dem gehörigen Respekt behandeln.

Das Mädchen nervte sie, aber sie wollte ihr eine Chance geben. Das war nur fair.

Im Alþingishúsið führte man sie die Treppe hinauf zu einer offenen Sitzecke mit Blick auf den Garten. Davíð ließ auf sich warten. Hulda kannte die meisten Gesichter hier aus dem Fernsehen. Um acht liefen bei ihr zu Hause immer die Abendnachrichten, ein heiliger Moment.

Dann kam Davíð, groß, etwas fülliger um die Mitte, als Hulda ihn aus den Medien in Erinnerung hatte, mit seiner typischen Frisur, die sich während seiner gesamten politischen Karriere nie verändert hatte. Er hatte über die Jahre verschiedene Ausschüsse geleitet und war in schwierigen Situationen vor die Kamera getreten. Manchmal kam es ihr so vor, als betrachte die Parteiführung ihn vor allem als nützlich, schon irgendwie wichtig, aber blass, wie die pastellfarbene Tapete im Salon, ein Mann, der jederzeit für die Partei den Kopf hinhielt und dafür Anerkennung und weitere Aufgaben bekam, aber keinen Ministerposten.

»Hulda?«, sagte er und sah erst Álfrún und dann Hulda an.

»Passt.« Sie streckte die Hand aus. »Und das ist Álfrún, sie arbeitet mit mir zusammen.«

»Vielleicht sollten wir uns in einen Konferenzraum zurückziehen, hier ist es doch zu wenig privat«, sagte er mit einer sonderbaren Betonung auf dem letzten Wort.

Er führte sie in einen großen Raum mit alten Gemälden und wuchtigen Möbeln.

»Das ist unser Fraktionsraum.«

Er setzte sich, machte es sich bequem und sagte dann: »Sölvi hat mich bereits in Kenntnis gesetzt. Es heißt, der Teddy ist aufgetaucht, der damals mit dem Kind verschwunden ist?«

»Ja, es deutet alles darauf hin.«

»Wo, wenn ich fragen darf?«

Hulda zögerte, obwohl sie diese Information dem ehemaligen Polizisten kaum vorenthalten konnte. Man sollte ihm vertrauen können.

»In einer Anglerhütte im Blöndudalur.«

»Ach ja? Merkwürdig. Ganz schön weit weg von Háagerði. In der Gegend soll doch ein Kraftwerk gebaut werden.«

»Ich kenne die Gegend nicht gut, werde aber in den nächsten Tagen hinfahren und es mir ansehen.«

»Ja, die Blanda soll zur Energiegewinnung genutzt werden, ein Projekt von nationalem Interesse«, sagte Davíð, jetzt ganz in seiner Rolle als Politiker. »Rätselhaft, wie der Teddy dorthin gekommen sein soll. Gut, dass nicht ich herausfinden muss, wie.« Er lächelte.

»Erinnern Sie sich an eine Verbindung zu der Gegend?«

Er dachte nach.

»Nein ...« Er zögerte. »Spontan fällt mir nichts ein. Als Seemann ist Atli natürlich rumgekommen, aber er hat ja nicht die Blanda befahren ...« Er lachte über seinen eigenen Witz. »Ich meine, seine Mutter kam vom Land, woher genau, weiß ich nicht mehr. Sie war schon tot, als der Junge verschwand. Atli hat viel von ihr gesprochen.«

»Atli lebt noch, oder?«

»Ja. Ich höre ab und zu von ihm. Er wohnt inzwischen in Þingholt, im Haus seiner Schwiegereltern. Die haben sich verkleinert, aber sind noch fit. Emma ... Emma ist gestorben, die Arme, drei Jahre nach dem Verschwinden des Jungen. Ich habe den Kontakt zu ihr verloren, als sie ins Ausland gegangen ist, sie hat das alles nicht verkraftet. Ich weiß es nicht sicher, aber ich glaube, die Beziehung ist wenig später auseinandergebrochen. Vielleicht konnten sie die Trauer nicht bewältigen, die Menschen reagieren so unterschiedlich, auch Atli hat das Ganze natürlich sehr mitgenommen.«

Er hielt einen Moment inne, und während Hulda wartete, meldete sich Álfrún zu Wort: »Wie hat sich das geäußert?«

»Tja, er hat angefangen zu trinken. Das bleibt bitte unter uns, aber er war eine Zeit lang arbeitsunfähig, dieser kerngesunde Mann. Er hat sein Leben wieder in den Griff gekriegt, trinkt nicht mehr, aber ich glaube, er erhält eine Erwerbsunfähigkeitsrente. Seit dem Verschwinden des Kindes hat er nicht mehr gearbeitet.«

»Und wie lautete seine Theorie?«, fragte Álfrún weiter.

»Da fragen Sie den Falschen. Das kann nur er Ihnen sagen. Weiß er schon Bescheid?«

Hulda schüttelte den Kopf.

»Nun ja. Sie gehen natürlich behutsam vor. Es besteht keine realistische Hoffnung, dass der Junge noch lebt, denke ich. Das wäre ein unglaubliches Wunder ...« Dann fügte er hinzu: »Aber so etwas hat es natürlich schon gegeben, sag niemals nie ...«

»Hatte Atli keine Vermutung?«, hakte Álfrún noch einmal nach. Dass der Grünschnabel die Gesprächsführung an sich gerissen hatte, ärgerte Hulda sehr. Vermutlich hatte sie noch keine Zeit gehabt, die Akte zu lesen, und kannte Atlis Schilderung der weißen Gestalt nicht.

»Doch, doch. Er hat Bewegungen hinter dem Haus bemerkt – das haben Sie sicher gelesen. Wir haben natürlich nach einer Person gesucht, die am Heiligen Abend in dem Viertel unterwegs war, in weißer Kleidung. Möglicherweise eine Frau in weißem Mantel, vielleicht im Pelz, wobei das absurd ist, eine wohlhabende Frau spaziert in ein fremdes Haus und raubt ein Baby, lässt es verschwinden – das perfekte Verbrechen, das nie aufgeklärt wird. Nein, wir haben diese Person nicht gefunden, trotz intensivster Suche. Wir sind von Haus zu Haus gegangen, alle waren mit sich selbst beschäftigt an jenem Abend. Der Heilige Abend ist der perfekte Zeitpunkt für ein Verbrechen.«

»Was glauben Sie, Davíð, was passiert ist?« Jetzt fragte Hulda.

»Ich glaube, dass eine fremde Person in das Haus eingedrungen ist, nachdem sie es beobachtet hatte oder auch nicht. Vielleicht war es ein Zufall, irgendjemand mit bösen Absichten hat gesehen, wie Atli aus dem Haus ging, die Tür war offen, und die Person hat die Gelegenheit beim Schopf gepackt. Sie hatte es sicher nicht auf das Kind abgesehen, sondern auf Wertsachen, aber irgendwie ist es so gekommen. Ich verstehe nur nicht, warum das Kind nicht zurückgegeben wurde. Ich vermute, dass etwas Schlimmes passiert ist, dass es schlicht nicht mehr ging. Ein lebendiges Kind kann man leicht zurückgeben, aber wenn es stirbt, ist es auf einmal ein Mord. Da ist es vielleicht einfacher, die Leiche zu entsorgen, damit die Wahrheit nicht ans Licht kommt. Oder?«

Nach einem kurzen Schweigen fügte er hinzu: »Ich beneide Sie nicht um diese Aufgabe, aber ich werde mein Bestes tun, um Ihnen zu helfen.«

»Haben Sie noch irgendwelche Beweismittel von damals, Davíð?«, fragte Álfrún.

Er schüttelte den Kopf. »Gott bewahre, nein. Solche Dinge hätte ich nie selbst verwahrt. Im Archiv müssten Sie alle Informationen finden.«

»Wir behalten das Ganze vorerst für uns«, sagte Hulda.

»Natürlich. Davon bin ich ausgegangen.«

IV

Nachdem sie von dem Gespräch mit Davíð zurückgekehrt waren, verließ Hulda das Kommissariat ohne Álfrún, sagte ihr nicht, dass als Nächstes ein Gespräch mit Atli anstand, dem Vater des Jungen. Das Foto von dem Teddy war inzwischen fertig, und sie nahm es mit.

Sie hatte noch einen Kaffee mit Álfrún getrunken, bevor sie sich aus dem Büro schlich. Normalerweise drückte sie sich vor Plaudereien in der Kaffeeküche, aber sie wollte Álfrún nicht vor den Kopf stoßen und verschwendete so wertvolle Zeit mit belanglosem Tratsch über den Abgeordneten Davíð. Lieber hätte sie Álfrún an die Arbeit geschickt, damit sie die Akten studierte. Stattdessen bekam sie irgendwelche Geschichten über Davíð zu hören, dass er vor einigen Jahren mit einer Mitarbeiterin des Parlaments eine Nacht verbracht hätte. Solche Geschichten hatten Hulda noch nie interessiert; sie wollte nicht wissen, wie Davíð Stefánsson seine Freizeit verbrachte.

Ausnahmsweise sprang der Fiat nicht sofort an. Manchmal setzte ihm die Kälte zu, und es war im Laufe des Tages noch einmal deutlich kühler geworden. Hulda hingegen konnte die Kälte nichts anhaben, sie war auf Island geboren und wollte hier sterben – irgendwann, hoffentlich erst in hohem Alter. Es waren dieses Land und das Wetter, das sie geprägt hatten. Dimma würde es vielleicht schon irgendwann ins Ausland ziehen, zum Studium. Manchmal überlegte sie, welche Richtung Dimma wohl einschlagen würde. Hulda wusste nur, dass sie sich wünschte, Dimma würde irgendwann einmal studieren. Manchmal sah sie Dimma als Ärztin vor sich, auch wenn das eine ganz andere Karriere war als die ihrer Eltern. Wofür sie sich auch entschied, Hulda würde stolz auf ihr Mädchen sein.

In Þingholt fand Hulda sich nur schwer zurecht, eine Einbahnstraße folgte auf die nächste, und sie hatte nie Freunde oder Bekannte in dem Viertel gehabt. Das war die Gegend der Wohlhabenden mit ihren schicken Einfamilienhäusern. In dieser Hinsicht hatte Atli wirklich Glück gehabt mit seinen Schwiegereltern, die ihm ein Haus überließen. Vielleicht hatten sie ihn nach dem Tod ihrer Tochter quasi als Sohn adoptiert.

Das Haus war wirklich stattlich, im Grunde viel zu groß für eine Person. Es war weiß gestrichen und in einem guten Zustand. Der Vorgarten war schön angelegt und machte selbst im November noch etwas her. In der Einfahrt ein silbergrauer Mercedes Benz, ein Wagen, den Menschen wie sie sich nicht leisten konnten.

Hulda hatte eine Kassette eingelegt, die Jón ihr im Herbst geschenkt hatte. Manchmal überraschte er sie mit solchen Geschenken. Blumen gab es nie, aber hin und wieder Pralinen, ein Buch oder Ähnliches, wenn er gut drauf war und einen erfolgreichen Tag gehabt hatte. Diese Geschenke waren nie teuer, aber Hulda schätzte die Geste.

Und dann kamen wieder Tage und Wochen, in denen Jón mürrisch und müde war und von früh bis spät arbeitete, sodass Hulda sich ganz verlassen in der Ehe fühlte, fast so, als wäre sie alleinerziehend.

Langsam ging Hulda auf die Villa zu. Sie hatte ihr Kommen nicht angekündigt, aber sich während der Fahrt eine Begrüßung zurechtgelegt.

Sie klingelte und wartete.

Es dauerte eine ganze Weile, bis sich die Tür öffnete. Der Mann, der sie empfing, wirkte wie einer Isländersaga entsprungen, ein wahrer Hüne mit viel Haar und Bart und Augen wie ein Wolf. Gleichzeitig wirkten diese Augen müde, von tiefen Ringen umrahmt, als trüge er die Last der ganzen Welt auf seinen Schultern.

»Guten Tag«, sagte er und starrte Hulda an. Er wirkte aufgeräumt, nüchtern und gepflegt, aber dennoch strahlte er nichts Positives aus, ganz im Gegenteil.

»Atli?«

Er nickte.

»Hulda Hermannsdóttir, von der Kriminalpolizei.«

Er sah sie mit einem seltsamen Blick an, vielleicht überfielen ihn gerade die schlimmen Erinnerungen von damals. Hulda konnte kaum nachempfinden, wie er sich fühlen musste, er war durch die Hölle gegangen, ohne

Hoffnung auf Erlösung. Und jetzt diese unerwartete Spur, die in den Norden wies, endlich, nach all den Jahren.

»Wollen Sie nicht reinkommen, Hulda?«, sagte er und machte ihr Platz.

Sie folgte ihm ins Wohnzimmer. Es sah gepflegt aus, aber roch deutlich nach Rauch. Huldas Recherche zufolge lebte er allein, doch er schien Ordnung zu halten, zumindest im Wohnzimmer. Die Möbel wirkten neu, vielleicht hatte er das Haus nach seinem Geschmack eingerichtet, nachdem er es von den Schwiegereltern übernommen hatte. Das edle Mobiliar verströmte einen angemessenen Hauch von Luxus. Das Haus auf Álftanes wollte Hulda allerdings anders einrichten, gemütlicher, mit Landhaus-Charme. Sie konnte es kaum erwarten. Vielleicht würde sie das Thema heute Abend noch einmal ansprechen, denn es war schon länger her, dass sie über das Haus geredet hatten. Immer so viel zu tun und keine Zeit für die wichtigen Dinge.

Hulda sah keine Familienbilder, überhaupt keine Fotos. Ein einziges Gemälde hing an der Wand, aber der Künstler sagte ihr nichts.

Das Haus war schön, keine Frage, aber es hatte keine Seele.

»Der letzte Besuch der Polizei ist lange her, sehr lange, und Davíð ist schon längst mit anderen Dingen befasst«, sagte Atli, und Hulda bekam das Gefühl, dass ihr Besuch noch nicht einmal einen winzigen Funken Hoffnung in ihm weckte. Vermutlich war alle Hoffnung längst gestorben. Atli bot ihr keinen Sitzplatz an, und auch er selbst blieb stehen.

»Kann ich Ihnen etwas anbieten?«, fragte er dennoch.

Hulda schüttelte den Kopf.

»Können wir uns setzen?«

Er zuckte mit den Achseln, dann setzten sie sich. Es war ihr wichtig, dass sie saßen, das hier waren ihre Ermittlungen, und sie war hergekommen, um eine Befragung durchzuführen. Nach ihren Spielregeln.

»Sind seitdem viele Jahre vergangen?«, fragte sie.

»Bitte?«

»Seit dem letzten Besuch der Polizei?«

»Ich denke schon, die Zeit verschwimmt. Ich habe keine Ahnung, was Sie von mir wollen. Aber es wird natürlich mal wieder um *ihn* gehen.«

Seine Stimme klang rau, sicher vom jahrelangen Rauchen, wie der Geruch im Wohnzimmer nahelegte.

Sie nickte.

»Wir schauen uns den Fall nur noch mal an«, sagte sie. So hatte sie das Gespräch beginnen wollen, und in aller Regel hielt sie sich an ihren Plan. Eine gute Vorbereitung gab ihr Sicherheit. Sie musste besser sein als ihre Kollegen, erfolgreicher.

»Verstehe. Neue Leute, neue Ideen. Vier oder fünf Jahre vielleicht. Da kam jemand vorbei, um mir zu sagen, dass die Sache nicht vergessen ist, dass *er* nicht vergessen ist. Natürlich ist er nicht vergessen, dafür sorge ich schon. Die Erinnerung lebt in mir weiter. Es steht schon länger an, eine Stiftung zu seinem Gedenken zu gründen, alles ist vorbereitet, das Geld ist da, aber irgendwie fehlt mir die Kraft für die letzten Schritte. Das ist zu schwer für mich, Hulda, einfach zu schwer.«

»Verstehe.«

»Nein, Sie verstehen nicht, nicht wirklich, aber das ist schon in Ordnung. Niemand kann mich verstehen, aber auch damit habe ich mich schon lange abgefunden.«

Als Nächstes hatte Hulda den Teddy erwähnen wollen, aber aus irgendeinem Grund entschied sie sich anders.

»Leben Sie allein, Atli?«

»Ja, ich bin schon lange allein.«

»Ein schönes Haus.«

»Ein tolles Haus, ja.«

»Bevor ich zur Sache komme, möchte ich eines betonen ...«

Er wartete ab, wirkte weder angespannt noch nervös, als wartete er in absoluter Leere und hätte keine Meinung zu diesem Besuch der fremden Polizistin.

»Ich möchte keine Hoffnungen oder Erwartungen wecken, Sie wissen schon ..., dass ...«

Jetzt lächelte er, doch sein Lächeln war so kalt und gefühllos, dass es sie schauderte.

»Ich habe keine Hoffnung«, sagte er, »keine Erwartungen.«

Sie war so erschrocken, dass sie etwas Unüberlegtes sagte: »Natürlich kann es sein, dass er noch lebt, solange sich nichts Gegenteiliges herausstellt ...«

Atli schüttelte energisch den Kopf. »Nein, natürlich lebt er nicht mehr, Hulda.« Dann fügte er hinzu: »Haben Sie Kinder?«

»Ein Kind, ja.«

»Wie alt?«

»Sie ist sechs.«

»Ein schönes Alter, kann ich mir vorstellen«, sagte er wehmütig. »Dann können Sie das ja vielleicht nachempfinden. Ich weiß, ich *weiß* einfach, dass er tot ist. Es besteht kein Zweifel. Wir sind eins mit unseren Kindern, und für mich ist völlig klar, dass mein Junge tot ist. So viele Jahre kann man nicht an der Hoffnung festhalten, Hulda.«

»Sie spüren es, ja, das verstehe ich. Ich …« Sie zögerte, suchte nach einem Beispiel aus ihrem Leben, das die Verbindung zwischen Dimma und ihr illustrieren sollte, doch Atli kam ihr zuvor.

»Nein, ich spüre es nicht, ich *weiß* es. Manches weiß man einfach.«

Hulda sagte nichts.

Er sprach weiter: »Sie sind keine Psychologin, daher müssen wir nicht weiter darüber reden. Ich weiß es zu schätzen, dass Sie extra hergekommen sind, aber ich wäre Ihnen dankbar, wenn Sie jetzt zur Sache kämen.« Dabei klang er immer noch höflich.

Hulda nahm Haltung an.

»Wir haben seinen Teddy gefunden, Atli«, sagte sie und beobachtete seine Reaktion.

Atli war überrumpelt, endlich war sie zu ihm durchgedrungen.

In seinen Augen blitzte ein Funken auf, kein Hoffnungsfunke, aber dennoch ein Hinweis darauf, dass Atli trotz allem noch etwas spürte.

»Was sagen Sie da?« Es lag eine Schwere in seiner Stimme.

»Wir haben seinen Teddy gefunden.«

»Wo?«

»In einer Anglerhütte auf dem Land.«

Diese Neuigkeit schien Atli völlig aus der Bahn zu werfen.

»Wieso? Nein, wissen Sie, Sie müssen sich irren. Das kann einfach nicht sein.«

»Der Teddy wurde gestohlen, als der Junge entführt wurde, oder?«

»Ja, doch, das stimmt schon, aber …«

»Wir müssen dem nachgehen. Der Fall ist nie aufgeklärt worden. Ich kann Ihnen natürlich nichts versprechen, aber …«

»Sind Sie sicher?«, fragte er mit scharfer Stimme, als ginge es um Leben und Tod. »Sind Sie sicher, dass es sein Teddy ist?«

»Sie können ihn natürlich ansehen. Im Moment wird er noch untersucht, aber ich habe ein Foto mitgebracht.«

Sie zog das Bild aus ihrer Manteltasche und legte es vor Atli auf den Tisch.

Er senkte den Blick, sah das Foto an und wurde blass.

»Ist er das?«, fragte Hulda.

Es dauerte einen Moment, bis Atli antwortete, doch schließlich flüsterte er: »Ja.«

»Wo?«, fragte er nach einer Weile.

»Bitte?«

»Sie sagten, der Teddy sei auf dem Land gefunden worden. Wo?«

»Im Blöndudalur, in einer Anglerhütte an der Blanda.«

»Das kann nicht sein«, sagte er. »Der Teddy wurde gestohlen, ich verstehe das nicht.«

»Es kann natürlich sein, dass ...«

»Dass ihn jemand dorthin gebracht hat?«

»Vielleicht ist er dort, Ihr Junge«, sagte Hulda und bereute es sofort.

Atli stand auf und widersprach entschieden: »Mein Sohn ist tot. Wir sollten uns nichts anderes einreden, Hulda.«

Sie wusste nicht, was sie darauf entgegnen sollte.

»Fällt Ihnen eine Erklärung dafür ein?«

Er schüttelte den Kopf, vielleicht etwas zu schnell, als müsste er gar nicht darüber nachdenken.

»Nein, das ist völlig absurd. Das passt einfach nicht zusammen. Warum sollte jemand den Teddy dorthin bringen ...?«

»Wollen Sie sich nicht noch einmal setzen, Atli? Ich habe noch ein paar Fragen, wenn Sie es sich zutrauen.«

Er setzte sich, wirkte leicht verlegen. »Entschuldigen Sie, ich wollte nicht so aufbrausen. Das ist eine sensible Angelegenheit, das verstehen Sie doch, oder?«

»Natürlich. Und ich möchte Sie auch nicht unnötig in

Unruhe versetzen. Können wir trotzdem noch einen Moment reden?«

»Ja, tut mir leid.«

»Ich würde gern über Emma sprechen.«

»Emma, ja«, sagte er, und sie nahm ein leichtes Beben in seiner Stimme wahr. Auf einmal befürchtete Hulda, dass er diese Situation nicht aushielt, trotz der vielen Jahre, die vergangen waren, dass die Erinnerungen zu schmerzhaft waren.

»Ich habe gehört, sie ist gestorben.«

Er nickte.

»Leider, ja. Eine traurige Geschichte.«

»Wollen Sie sie mir erzählen?«

Er zuckte mit den Schultern. »Im Grunde ist es nicht mehr meine Geschichte, wir sind auseinandergegangen, kurz nachdem … nachdem es passiert ist. Wir waren so verliebt, aber die Beziehung hat das nicht ausgehalten. Die Gefühle waren so stark, das alles hat uns so zugesetzt. Ich bin … war stärker als sie, zumindest nach außen. Sie hat es seelisch und auch körperlich nicht verkraftet. Sie hat aufgegeben.«

»Wie das?«

Atli zögerte. »Ich weiß nicht, wie … Ich habe noch nie darüber gesprochen.«

»Ich würde gern erfahren, was passiert ist, Atli. Ich suche nach Ihrem Sohn.«

»Wenn Sie Emmas Eltern fragen, würde die Geschichte so lauten: Emma und ich haben Schluss gemacht, sie hat einen Schweizer Arzt kennengelernt und ist mit ihm ausgewandert. Dann wurde sie krank und ist viel zu jung gestorben.«

»Verstehe.«

»Aber das stimmt so nicht ganz. Ich habe nie mit Davíð darüber geredet, und er hat auch nie gefragt. Im Grunde spielt es auch keine Rolle.«

»Was ist denn in Wirklichkeit passiert?«

»Sie hat angefangen zu trinken. Und dann hat sie, ja, auch andere Dinge genommen. Ist in schlechte Gesellschaft geraten.«

»Aber ins Ausland gegangen ist sie, oder? Das stimmt schon.«

»Doch, doch. Ihre Eltern sind mit ihr ins Ausland gegangen, damit sie von diesen Stoffen loskommt, haben sie in irgendeine Klinik gebracht. Ich habe nie nach den Details gefragt. Das ging mich nichts mehr an.«

»Und wie ist es gelaufen?«

»Nicht gut. Sie hat sich nie wieder erholt, die Sucht hat sie getötet.«

»Puh ...« Hulda seufzte.

»Ja, so etwas ändert alles. Nach diesem Heiligen Abend war nichts mehr wie zuvor.«

»Haben Sie damals noch miteinander gesprochen?«

»Nicht mehr, nachdem es so weit mit ihr gekommen war. Ich saß allein zu Hause. Ich habe keine neue Familie mehr gegründet. Hin und wieder hatte ich mal eine Freundin, aber im Moment ist da niemand.«

»Sind ihre Eltern noch bei guter Gesundheit?«
»Einigermaßen. Na ja, sie sind alt geworden.«
»Sollte ich sie in Kenntnis setzen?«
»Damit würde ich noch warten. Das würde sie nur belasten.«

Vermutlich hatte Atli recht. Der Fall hatte zwar eine neue Wendung genommen, aber nichts deutete darauf hin, dass der Sohn von Atli und Emma noch am Leben war; das Rätsel blieb nach wie vor ungelöst. Nein, sie würde erst in den Norden fahren, bevor sie die alten Herrschaften damit belastete. Genau wie Atli hatten sie genug durchgemacht.

»Atli, bevor ich gehe ...«

»Ja?«

»Ich habe die alten Berichte gelesen. Sie haben etwas gesehen, an jenem Abend. Stimmt das?«

Kurz veränderte sich sein Gesichtsausdruck, doch dann hatte er sich wieder unter Kontrolle, nur seine Stimme klang anders.

»Diese Geschichte habe ich schon so oft erzählt, zu oft«, sagte er.

»Ich würde sie gern von Ihnen hören. Wir sind im selben Team, Atli, ich möchte verstehen, was passiert ist, genau wie Sie.«

»Na schön. Ich habe viele Jahre mit niemandem darüber gesprochen, aber ich erinnere mich daran, als wäre es gestern gewesen.«

»Was haben Sie gesehen?«, fragte Hulda noch einmal, als sie sein Schweigen nicht mehr aushielt.

»Ich habe an die Haustür geschlagen, bis Emma sie endlich öffnete, sie war in der Badewanne gewesen. Ich konnte bis ins Wohnzimmer sehen ...« Atlis Stimme zitterte, und am liebsten hätte Hulda ihn verschont, es ihm erspart, sich an den furchtbaren Abend zu erinnern.

Doch Atli erzählte weiter: »Ich habe eine Bewegung im Garten gesehen. Der Garten war noch nicht eingezäunt, da ist immer mal wieder jemand durchgegangen, hat eine Abkürzung über unser Grundstück genommen. Aber ...« Er holte tief Luft. »Es war ein weiß gekleidetes Wesen.«

Hulda stutzte angesichts dieser Formulierung, ein weiß gekleidetes *Wesen*, als wäre dort eine übernatürliche Kraft am Werk gewesen. Vielleicht war die Vorstellung, dass es kein Mensch gewesen war, der den Jungen geraubt hatte, leichter zu ertragen. Vielleicht war es leichter zu glauben, dass eine solche Bosheit nicht menschengemacht sein konnte.

Sie kannte das Haus in Háagerði nicht, doch sie konnte sich diesen unheimlichen Moment bildhaft vorstellen.

»Glauben Sie, es war die Person, die den Jungen mitgenommen hat?«

»Daran habe ich nie gezweifelt«, antwortete Atli entschieden.

»Haben Sie eine Vorstellung, wer es gewesen sein könnte?«

»Nein, leider nicht. Ich habe diese Szene geträumt, viele Male, und manchmal habe ich das Gefühl, ich sehe etwas, das mir bis dahin nicht aufgefallen ist, irgendein Detail, das alles erklärt, aber ...«

»Irgendwann wird es gelingen«, versprach Hulda, obwohl sie weder davon überzeugt war noch überzeugend klang. »Und ich werde Ihnen dabei helfen. Sie können sich auf mich verlassen.«

V

Die Berichterstattung über das geraubte Kind war eine schockierende und anstrengende Lektüre. Sie begann in den ersten Ausgaben der Zeitungen nach Weihnachten und hielt über Wochen an. Álfrún hatte die Berichterstattung bis zur zweiten Woche des neuen Jahres kopiert, und das war erst der Anfang. Hulda ging es vor allem darum, sich in die Situation vor zwanzig Jahren hineinzuversetzen, so als ob sie selbst dabei gewesen wäre.

Mit Atli und Emma gab es keine Interviews, stattdessen hatten Emmas Eltern, vor allem ihr Vater, die Kommunikation mit den Medien übernommen. Es gab mehrere Fotos von ihm, und er bat Zeugen, sich zu melden, und den Täter, das Kind zurückzubringen. Er versprach einen Finderlohn und einen Straferlass – wobei Hulda bezweifelte, dass Letzteres in seiner Hand lag.

Hulda überlegte, ob sie noch an diesem Nachmittag – es ging bereits auf sechzehn Uhr zu – oder erst morgen früh gen Norden aufbrechen sollte. Eigentlich wäre es am besten, wenn sie sich gleich an die Arbeit machte, solange die Spur noch frisch war, aber die Fahrt war bei Tageslicht deutlich angenehmer. Und da Álfrún nicht mitkam, musste sie diesmal selbst fahren. In einem zivilen Streifenwagen, denn mitten im Winter würde sie nicht den Fiat nehmen, den außerdem ja auch Jón brauchte.

Einige Zeitungen hatten Fotos von dem kleinen Jungen veröffentlicht, samt Beschreibung der Kleidung, die er bei seinem Verschwinden getragen hatte. Auch der Teddy wurde erwähnt, wobei gewisse Details ausgelassen wurden, wie Sölvi bereits erwähnt hatte.

Hulda überflog die letzten Kopien, Meldungen aus den Tageszeitungen *Morgunblaðið* und *Tíminn* zur vergeblichen Suche nach dem Jungen. Zwischen den Zeilen klang heraus, dass die meisten die Hoffnung bereits aufgegeben hatten, dass der Junge noch lebend gefunden würde.

Hulda stand auf, atmete tief ein, schloss die Augen und stieß die Luft langsam wieder aus. Sie durfte das alles nicht zu nahe an sich heranlassen, wenn sie diese Ermittlungen erfolgreich leiten wollte. Sie machte sich zwar keine großen Hoffnungen, dass sie den Jungen finden würde, aber vielleicht kam sie der Wahrheit ein Stückchen näher als Davíð seinerzeit. Immerhin gab es jetzt einen Hinweis, den Davíð damals nicht hatte.

Sie wollte kurz bei Sölvi reinschauen, mit ihm die nächsten Schritte besprechen und entscheiden, wann sie ins Blöndudalur fuhr.

Als sie an die Glastür klopfte, bemerkte sie, dass Álfrún in Sölvis Büro saß.

Sölvi drehte sich um und gab ihr ein Zeichen hereinzukommen.

»Álfrún, wir sprechen später weiter. Könntest du diese Sache bitte so lange am Laufen halten?«

»Ja, natürlich.« Sie sah Hulda an. »Hulda. Hi. Gibt's was Neues?«

Hulda schüttelte den Kopf.

»Nein, alles unverändert. Wir werden sehen, wohin uns die Ermittlungen führen«, sagte sie, während Álfrún das Büro verließ.

»Schön, dich zu sehen. Hast du Atli getroffen?«

»Ja. Das war wirklich kein leichtes Gespräch.«

»Das glaube ich gern.«

»Er wirkt wie ein gebrochener Mann. Hat das alles nie verwunden.«

»Kein Wunder. Hat er irgendeine Erklärung?«

»Nein. Es hat ihn sehr überrascht, dass der Teddy gefunden wurde. Ich habe auch mit Davíð gesprochen ...«

Sölvi fiel ihr ins Wort: »Ja, davon hat Álfrún mir bereits berichtet. Danke.«

Es kochte in Hulda, doch sie ließ sich nichts anmerken.

»Ich überlege, ob ich auch bei den alten Herrschaften vorbeischauen soll, bei den Großeltern des Jungen. Ich denke, ich warte noch etwas ab. Atli klang so, als wären sie nicht bei bester Gesundheit. Man muss achtsam vorgehen.«

»Du entscheidest das, Hulda. Ich vertraue dir da völlig. Und noch was, das bleibt aber unter uns: Arnaldur geht im Frühjahr in den Ruhestand, eigentlich wollte er noch ein

Jahr bleiben, aber jetzt hört er doch schon auf. Seine Frau hängt ihm in den Ohren, sie müssen ihr Ferienhaus auf Vordermann bringen und so weiter. Verstehst du?«

»Ja, ich verstehe ...«, antwortete Hulda. Das Herz schlug ihr bis zum Hals.

»Ich werde dich als Nachfolgerin vorschlagen.«

Hulda war im siebten Himmel. Endlich, der nächste Schritt ... Und noch dazu ein ziemlich großer. Arnaldur hatte drei Leute in seinem Team – natürlich Männer –, und einer von ihnen war deutlich älter als Hulda. Es war wirklich mutig von Sölvi, diesen Leuten eine Frau vorzusetzen.

»Danke«, stieß sie hervor.

»Nicht doch, Hulda. Du hast dir das selbst erarbeitet und wirklich verdient. Es gefällt mir nicht, wie hier mit Frauen umgegangen wird. Das sieht man ja auch an den wenigen Bewerbungen, die wir von Frauen erhalten. Ich war so froh, als Álfrún sich beworben hat, und sie macht ihre Sache ja auch wirklich gut. Mehr als das. Findest du nicht auch?«

»Sie hat großes Potenzial«, sagte Hulda und versuchte, nicht allzu kalt zu klingen.

»Das sehe ich genauso.«

»Ich denke, ich fahre morgen früh in den Norden, wenn das in Ordnung ist. Ist ein Wagen frei?«

»Ausgezeichnet, Hulda. Im Hellen fährt es sich besser. Vielleicht wechselt ihr euch auch ab.«

»Bitte?«

»Mit dem Fahren.«
»Entschuldige, ich verstehe nicht ganz …«
»Álfrún und du. Sie kommt mit. Habe ich vergessen, dir das zu sagen?«
»Das ist doch nicht nötig. Ich bin sicher nicht lange unterwegs, und währenddessen kann sie hier in der Stadt weiter an den Ermittlungen arbeiten.«
»Ich denke, die Ermittlungen spielen sich im Norden ab. Das ist doch okay, oder? Ihr seid ein gutes Team.«
»Ja, sicher.« Hulda wählte ihre Worte mit Bedacht. »Wenn du sie entbehren kannst, ist es sicher besser, wenn wir zu zweit sind.«
»Wir kommen hier schon zurecht. Ihr müsst etwas Handfestes mit nach Hause bringen«, sagte er und lächelte. »Ihr gebt euer Bestes.«
Hulda verabschiedete sich von Sölvi.
Die Beförderung war zum Greifen nahe. Und Sölvi hatte sein Versprechen noch nicht einmal an die Bedingung geknüpft, dass sie das Rätsel um den Jungen löste, der vor zwanzig Jahren an Weihnachten verschwunden war. Doch diesen Ansporn brauchte Hulda auch gar nicht; sie wollte diesen Fall lösen – ob mit oder ohne Álfrún.

Hulda freute sich auf den Abend zu Hause.
Als sie die Wohnung betrat, spürte sie die Erschöpfung, obwohl sie gerade erst ein paar freie Tage und heute einen relativ kurzen Arbeitstag gehabt hatte. Dieser Fall beschäftigte sie sehr, rührte an ihre Seele. Sie verspürte eine große

Dankbarkeit für das, was sie hatte, und gleichzeitig war da die Angst davor, es zu verlieren. Vielleicht war sie doch nicht so abgebrüht, wie sie vorgab, wie sie sein wollte, aber das würde niemand erfahren, weder jetzt noch später.

Dimma war schon vom Esstisch aufgestanden und saß vor dem Fernseher, sah sich einen Zeichentrickfilm an, genoss das kurze Kinderprogramm. Die Kleine konnte sich stundenlang allein beschäftigen, ein richtiger Engel, und wenn ihre Eltern die Nachrichten sahen, legte sie sich oft mit Büchern aufs Sofa und schlief manchmal sogar darüber ein. Mit fünf hatte sie das Lesen gelernt, las noch nicht besonders schnell, aber war eine der sichersten Leserinnen ihrer Klasse, wie ihr Lehrer während des Elterngesprächs beteuert hatte, bei dem Jón mal wieder verhindert gewesen war.

Jetzt aber war er zu Hause, ausnahmsweise, vielleicht weil Hulda ihm angekündigt hatte, dass sie am nächsten Morgen auf Dienstreise musste. Und wie so oft hatte nicht er gekocht, sondern Hulda. Jón hatte einen Rotwein zum Hackbraten vorgeschlagen, und obwohl Hulda nur selten und wenig trank, hatte sie sich darauf eingelassen. Manchmal tat Jón ein bisschen Alkohol gut, machte ihn fröhlich und beschwingt. Und manchmal war er danach kaum auszuhalten.

Hulda spürte, dass ihre Chance gekommen war. Jón hatte sich ein zweites Glas Wein eingeschenkt, das Essen hatte gut geschmeckt, und Dimma war in ihre Fernsehsendung vertieft. Der köstliche Essensduft und die Kerzen, die Hulda angezündet hatte, sorgten für eine stimmungsvolle Atmosphäre. Mit Grauen dachte sie an den nächsten Abend, wenn sie mit einer Person, die sie nicht mochte, draußen auf dem Land festsaß. Sie hatten für zwei Nächte Gästezimmer auf einem Bauernhof reserviert, das hatte Álfrún organisiert. »So nahe wie möglich an dieser Anglerhütte. Wenn wir in Blönduós übernachten würden, müssten wir ständig hin- und herfahren.« Hulda hätte gern in einem guten Hotel übernachtet und sich nicht bei irgendwelchen Bauern einquartiert. Aber gut. Sie hatte es einfach so hingenommen, wollte deswegen keinen Aufstand machen.

»Jón, Schatz?«

Er blickte auf, sah müde aus. Vielleicht war es der Wein, aber vielleicht machte sich langsam auch der Stress bemerkbar. Er arbeitete zu viel, fand Hulda, auch wenn sie das ihm gegenüber nicht oft ansprach. Er machte sowieso, was er wollte.

»Hast du noch mal was von Hafþór und Ebba gehört?«

Das war das alte Ehepaar, dem Huldas Traumhaus auf Álftanes gehörte. Sie waren beide über siebzig und inzwischen nicht mehr die Fittesten. Bei ihrer letzten Begegnung hatten sie erwähnt, dass sie sich nach einer Wohnung in einem der »Altenwohnblocks« umsähen, wie Hafþór es nannte. Hulda hatte sich darüber gefreut, ohne es sich zu sehr anmerken zu lassen oder die Herrschaften übertrieben darin zu bestärken. Sie wollte dieses Haus haben und für immer dort wohnen bleiben, und auch im Alter nicht ins Seniorenheim ziehen.

Jón nickte und trank einen Schluck von seinem Wein.

In Huldas Bauch begann es zu kribbeln. Wurde auch dieser lang ersehnte Traum endlich wahr? Würde sie vielleicht sogar im neuen Haus in die neue Stelle starten? Doch schon im nächsten Moment riss Jón sie zurück in die Realität.

Das Haus stehe zwar zum Verkauf, weil Hafþór und Ebba eine Wohnung gefunden hätten, aber es sei Jón zu teuer. Er habe gerade so viele Projekte am Laufen, und das Geld sei gebunden.

Hulda hätte schreien können, doch sie riss sich zusammen, wegen Dimma.

»Warum verdammt noch mal schuften wir von morgens bis abends, wenn wir uns trotzdem unser Traumhaus nicht leisten können? Wir müssen uns endlich ein richtiges Zuhause aufbauen, ich will ein Haus mit Garten, in dem wir alt werden können, und für Dimma Erinnerungen am Meer schaffen.«

Ihre feurige Rede ließ Jón unbeeindruckt. Vielleicht hätte sie die Stimme erheben müssen?

Jón sagte nichts dazu, sondern trank wieder von seinem Wein, sah kurz Dimma an, dann Hulda.

Sie hatte keine Lust mehr auf Wein, und auch nicht auf Jón.

Als er endlich etwas sagte, klang er so kalt, dass Hulda ernsthaft überlegte, ob sie und Jón noch zusammenpassten. War es möglicherweise nur Dimma, die sie zusammenhielt – und zwar gerade noch so?

»Es gibt genügend andere Häuser.«
Es gibt genügend andere Häuser!?
Begriff er es wirklich nicht?
Hatte sie ihm nicht unmissverständlich klargemacht, immer wieder, dass dies das Haus war, in dem Dimma aufwachsen sollte? Ihr Traumhaus am Meer, mit eigenem Strand, einem hübschen Garten, der fantastischen Aussicht. Wo sie Bäume pflanzen, vielleicht sogar im Meer schwimmen, die Sonne auf- und untergehen sehen, die Natur atmen wollte. Das war *ihr Haus*.
Bevor er noch etwas sagen konnte, stand sie auf und verzog sich ins Schlafzimmer. Sie hörte ihn wiederholen, dass das Haus einfach zu teuer sei. Er hatte die Summe noch nicht einmal genannt. Vermutlich hatte er im Moment einfach keine Lust, eine Immobilie zu erwerben, wollte das Geld lieber für die nächste Wette verfügbar haben, für die nächste »große Chance«.
Noch nie war Hulda so froh über eine Dienstreise gewesen. Morgen früh würde sie sich aus dem Haus schleichen, Dimma zum Abschied fest drücken, aber mit Jón kein Wort reden.

VI

Es konnte nur besser werden, dachte Hulda, während sie in der klirrenden Kälte des Schneegestöbers am Straßenrand stand. Álfrún hatte sich bereit erklärt, das erste Stück zu fahren, und kurz nachdem sie den Hvalfjörður erreicht hatten, war ihnen ein Reifen geplatzt. Álfrún hatte keine Anstalten gemacht, sich um den Reifenwechsel zu kümmern, daher blieb diese Aufgabe an Hulda hängen. Álfrún war zwar mit ausgestiegen, aber ihr Interesse für Huldas Arbeit am Wagen hielt sich in Grenzen.

Sie waren im Dunkeln aufgebrochen, in aller Herrgottsfrühe, als auf Rás 1 gerade die Morgengymnastik lief. Hulda war noch so müde, dass sie die Augen schloss und hoffte, noch einmal kurz wegdämmern zu können, auch wenn es dafür eigentlich zu kalt im Wagen war. Die Heizung brauchte lange, bis sie in Gang kam, und als endlich eine angenehme Temperatur erreicht war, begann im Radio schon die nächste Sendung, *Morgunpósturinn*, eine Politiksendung, die zwischendurch von Musik unterbrochen wurde. Als Hulda schließlich doch noch eingenickt war, wurde sie plötzlich durchgeschüttelt, als wären sie in ein Erdbeben geraten. Álfrún brachte den Wagen mit dem geplatzten Reifen so schnell wie möglich zum Stehen. Der Reifenwechsel an sich war für Hulda kein Problem, nur die Kälte setzte ihr zu.

»Fährst du weiter, Álfrún?«

Sie nickte.

»Wenn du es mir zutraust. Ich versuche auch, keinen weiteren Reifen zu schrotten.«

»Das war doch nicht deine Schuld ...«

»Na gut. Wenn noch ein Reifen platzt, müssen wir halt schieben.« Sie lächelte verschmitzt. Irgendwie nahm Álfrún alles so leicht. In dieser Hinsicht fühlte Hulda sich deutlich älter als ihre Kollegin.

Schließlich waren sie wieder unterwegs. Álfrún fuhr schnell, aber sicher. Sie war eine gute Fahrerin, die den geplatzten Reifen ganz sicher nicht verschuldet hatte.

Hulda wollte gerade wieder die Augen schließen, als Álfrún auf einmal gesprächig wurde. Sie begann, über die Arbeitskonflikte zu sprechen, um die es in der Radiosendung gegangen war, sprach über Streiks und Arbeitsverbote, und dann über die Gehälter und die Arbeitsbedingungen bei der Polizei. Aber so früh am Morgen war Hulda zu solchen Gesprächen nicht aufgelegt, an einem eisigen Wintermorgen, in einem Auto, in dem es abwechselnd zu kalt oder zu stickig war. Während sie nur einsilbig antwortete, nahm sie sich fest vor, beim nächsten Mal etwas mehr zur Unterhaltung beizusteuern. Sie wusste, wie wichtig es war, sich für ihre Kolleginnen und Kollegen zu interessieren oder wenigstens Interesse zu heucheln.

Nach weiteren zehn Minuten verstummte Álfrún plötzlich und fuhr langsamer.

»Ist alles in Ordnung, Álfrún?«, fragte Hulda sofort.

Álfrún antwortete nicht, verringerte aber weiter das Tempo und hielt schließlich am Straßenrand.

»Ja, alles gut. Mir ist nur schlecht.«

»Reiseübelkeit?«

»Ja, tut mir leid, ich …« Sie stürzte aus dem Wagen.

Hulda wartete auf dem Beifahrersitz.

Nach einer ganzen Weile kam Álfrún zurück, sie war kreidebleich.

Hulda wartete, wollte sie nicht unter Druck setzen.

»Puh, ich weiß auch nicht, was da los ist«, sagte Álfrún schließlich. »Ich fühle mich nicht gut. Vielleicht hätte ich besser zu Hause bleiben sollen.« Sie rang sich ein Lächeln ab. Vielleicht hatte sie gemerkt, dass Hulda lieber allein gefahren wäre.

»Das wird schon«, sagte Hulda so aufmunternd wie möglich. »Soll ich ans Steuer?«

Álfrún zögerte, dann nickte sie. »Danke, gern, das wäre sicher besser.«

Sie stiegen aus und tauschten die Plätze.

Tatsächlich wäre es Hulda lieber gewesen, die junge Kollegin nicht im Schlepptau zu haben, doch sie ließ ihrem Ärger keinen Raum. Sie musste sich ganz auf den Fall konzentrieren.

So vorsichtig wie möglich lenkte sie den Wagen über die holprige Schotterpiste, damit Álfrún nicht sofort wieder schlecht wurde.

»Es ist nicht mehr weit bis zur Raststätte Ferstikla«, sagte sie. »Wollen wir dort Pause machen?«

»Ja, gern.«

Hulda drehte das Radio lauter, wollte nicht darüber nachdenken, wie lange sie insgesamt noch unterwegs sein würden.

An der Raststätte stieg Álfrún hastig aus und folgte Hulda in den Rasthof, wo sie um ein Glas Wasser bat. Hulda entschied sich für einen Kaffee, das einzige Wahre in dieser Situation.

Sie setzten sich an einen kleinen Tisch und schwiegen. Nicht aus Unmut, sondern weil sie beide erschöpft waren.

Álfrún sah immer noch schlecht aus, und tatsächlich empfand Hulda Mitleid mit ihrer Kollegin.

Nach einer kurzen Rast fuhren sie weiter, in den Borgarfjörður und dann über die Holtavörðuheiði. Hulda atmete auf, als sie die Hochebene verließen und auf den Hrútafjörður zufuhren. Als sie sich dem Rasthof Staðarskáli näherten, schlug sie vor, noch einmal kurz zu halten und frische Luft zu schnappen. Álfrún war einverstanden. Sie sah jetzt wieder besser aus, wirkte etwas frischer, hatte sogar wieder ein Gespräch begonnen, als das Radio auf der Hochebene nur noch knackte und krächzte. Inzwischen wurde es langsam hell. Vor ihnen tauchte wie eine Verheißung der Rasthof auf, am tiefsten Punkt des Fjords. Auf dem Parkplatz standen einige Autos, zwei rote und ein weißes, und ein feuerroter Reisebus, der sich vermutlich auf einer Betriebsfahrt befand, so wenig, wie drinnen los war. Zu dieser Jahreszeit waren sowieso kaum Touristen im Land, denn Island hatte außer ein paar Nordlichtern im November nicht viel zu bieten.

»Ich spendiere etwas zu essen«, sagte Álfrún, wieder ganz die Alte. »Was möchtest du, Hulda? Einen Hotdog?« Hulda wäre von selbst nicht auf die Idee gekommen, einen Hotdog zu essen, aber das Fahren machte hungrig, und so nahm sie das Angebot an und bestellte eine Cola dazu. Álfrún holte sich ein Glas Wasser und ein Sandwich, von dem sie aber nur ein paar Bissen aß.

»Wie findest du eigentlich Sölvi?«, fragte sie, als Hulda ihren Hotdog gegessen hatte.

»Wie ich ihn finde? Muss ich dazu eine Meinung haben? Er ist mein Chef, das ist alles«, antwortete Hulda. Sie hörte selbst, wie überheblich sie klang, und bereute ihre Antwort sofort. Natürlich hatte sie eine Meinung zu Sölvi, und Álfrún wollte sie mit ihrer Frage wohl kaum in eine Falle locken.

Álfrún gab nicht gleich auf. »Ob er ein guter Chef ist, meine ich.«

»Ein sehr guter, würde ich sagen, aber das bleibt unter uns. Das soll ihm nicht zu Kopfe steigen.« Hulda lächelte. »Ich lerne viel von ihm und will gern das ein oder andere abkupfern, wenn ich ein eigenes Team übernehme.« Das hatte sie eigentlich nicht sagen wollen, und dennoch reizte es sie, von der angekündigten Beförderung zu erzählen. Sie hätte es am Vorabend Jón gesagt, wenn ihr Gespräch nicht im Streit geendet hätte. Sie hatte sich vorgenommen, ihn links liegen zu lassen, doch jetzt verspürte sie das Bedürfnis, zu Hause anzurufen und zu hören, ob es Dimma gut ging. Natürlich fehlte ihr nichts, Hulda war bewusst, dass sie manchmal zu besorgt um ihre Tochter war, aber besser, man liebte jemanden zu sehr als zu wenig.

»Ja, eines Tages ist es bestimmt so weit«, sagte Álfrún, und Hulda konnte nicht ausmachen, ob sie das ernst meinte oder ob in ihrer Stimme Ironie mitschwang. Irgendwer musste den Weg für die Frauen ebnen, und dieser Jemand wollte Hulda sein. Wahrscheinlich erntete sie dafür keinen Dank von Álfrún oder anderen Frauen – zumindest nicht sofort, aber irgendwann würden sie es zu schätzen wissen. Ihr Traum, ihr geheimer Traum war es, die Leitung der Kriminalpolizei innezuhaben, bevor sie in den Ruhestand ging. Daran war im Moment natürlich nicht zu denken, die meisten würden sie vermutlich für verrückt erklären, aber alles war möglich. Eine Frau war dieses Jahr zur Präsidentin der Republik gewählt worden, dann konnte eine Frau ja wohl auch die Chefin von ein paar Männern bei der Polizei werden.

»Ich muss kurz telefonieren«, sagte Hulda. »Setz dich ruhig schon mal in den Wagen.«

Sie fand einen öffentlichen Fernsprecher, fischte ein paar Münzen aus ihrer Manteltasche und rief zu Hause an.

Sie war nicht sicher, dass Jón zu Hause war, aber manchmal ging er erst gegen Mittag zur Arbeit. Dimma war in der Schule, daher konnte sie mit der Kleinen nicht reden und musste sich mit Jón begnügen.

Nach einer Weile ging Jón ran.

»Ich bin's«, sagte sie trocken und hörte merkwürdigerweise ihre Tochter im Hintergrund.

»Ist Dimma zu Hause?«, fragte sie sofort.

Jón erklärte ihr, dass Dimma nach dem Aufwachen schlapp gewesen sei, wahrscheinlich habe sie leichtes Fieber, daher habe er sie zu Hause behalten, auch wenn ihm das, was die Arbeit anging, natürlich einen Strich durch die Rechnung mache. Jóns Arbeit war Hulda vollkommen egal, aber es schmerzte sie, dass ihre Tochter gerade jetzt krank wurde, wo sie nicht da war.

»Soll ich zurückkommen?«, fragte sie, obwohl sie wusste, dass das nicht ging. Zum Glück beteuerte Jón, dass Dimma in guten Händen sei. Natürlich war sie das.

»Ich rufe heute Abend wieder an, dann kann ich vielleicht mit ihr sprechen. Wir sind am Rasthof Staðarskáli und kommen gut voran.« Sie verabschiedete sich, immer noch verärgert wegen ihres Gesprächs am letzten Abend. Jón wusste, wie wichtig ihr das alles war, und sie erwartete von ihm, dass er um Entschuldigung bat. Aber sie hatte Jóns emotionale Intelligenz schon oft überschätzt, genauso wie die anderer Männer.

Zurück am Auto bot Álfrún an, wieder zu fahren, doch Hulda setzte sich lieber selbst ans Steuer. Sie fühlte sich einfach wohler, wenn sie die Dinge selbst in der Hand hatte, außerdem wirkte Álfrún immer noch ein wenig erschöpft.

Die restliche Fahrt nach Blönduós verlief prima, das Wetter war herrlich, kalt, aber sonnig.

»Wollen wir hier noch mal kurz anhalten?«, fragte Hulda, als sie die Stadtgrenze erreichten.

»Nein, nicht nötig. Von mir aus können wir gleich weiter zu dem Bauernhof fahren und unsere Zimmer beziehen. Es ist ja nicht mehr weit.«

Hulda bat Álfrún, den Weg auf der Karte mitzuverfolgen, damit sie an der richtigen Stelle von der Ringstraße abbogen. So erreichten sie ohne weitere Schwierigkeiten den Bauernhof, der ziemlich tief im Tal lag. Vor dem weiß gestrichenen Wohnhaus mit dem grünen Dach stand ein alter blauer Land-Rover-Jeep, und als sie ausstiegen, empfing sie ein Hütehund, der offensichtlich hocherfreut über den Besuch war.

Hulda kniete sich hin und streichelte den Hund, während Álfrún in einiger Entfernung wartete.

»Guten Tag und willkommen«, dröhnte es plötzlich über Hulda.

Leicht erschrocken blickte sie auf. »Guten Tag«, erwiderte sie mit fester Stimme und stand auf.

Der Bauer streckte die Hand aus, ein großer Mann in Jeans und Hemd, bestimmt an die siebzig, mit schütterem grauen Haar. Hulda fragte sich, ob er nicht fror.

»Kári«, brummte er. »Sie sind hier richtig. Wir haben zwei Zimmer vorbereitet. Und Sie sind beide von der Polizei?«

Offenbar hatte Álfrún das bei der Buchung erwähnt, es war ja auch kein Geheimnis, nur den Grund für ihren Aufenthalt sollten sie so lange wie möglich geheim halten.

»Alle beide, ja«, antwortete Álfrún in lockerem Ton.

»Gibt's keine Männer mehr bei der Polizei?«, nuschelte der Bauer. »Na ja, dann kommen Sie mal rein. Wir müssen nicht in der Kälte rumstehen, das vertragen Stadtkinder nicht. Überhaupt: Sie sind beide wahnsinnig jung!«

Hulda trat in die Wärme, Álfrún folgte ihr.

»Was gibt es denn hier auf dem Land zu ermitteln?«, fragte er, und in seiner Stimme schwang Misstrauen mit, als ahnte er etwas.

»Dazu dürfen wir uns derzeit nicht äußern«, sagte Hulda. Aus den Augenwinkeln sah sie, dass Álfrún lächelte.

Der Gastgeber führte sie schweigend durch die Küche. Dort saß eine Frau, die deutlich jünger wirkte als Kári. Sie lächelte und begrüßte die beiden mit einem freundlichen »Willkommen«.

Die beiden Zimmer lagen unterm Dach, direkt nebeneinander, beide haargenau gleich, nur spiegelverkehrt, spartanisch eingerichtet, aber gemütlich. Das Bett stand unter einem Dachfenster, und Hulda stellte sich vor, wie es wäre, dort ein Buch zu lesen, die Zeit zu vergessen und den Geräuschen auf dem Land zu lauschen.

»Sieht gut aus«, sagte sie, obwohl ihr etwas mehr Abstand zu ihren Gastgebern lieber gewesen wäre. Von hier oben konnte man sich unmöglich unbemerkt aus dem

Haus schleichen, denn in der Etage darunter schliefen bestimmt die Gastgeber, außerdem mussten sie jedes Mal durch die Küche. Vielleicht gab es noch eine Hintertür, aber selbst dann würden die beiden alles mitbekommen.

»Danke«, entgegnete Kári. »Am frühen Abend könnten wir einen Kaffee zusammen trinken, wenn Sie möchten.«

Warum nicht, diese Leute hatten zwar nichts mit dem Fall zu tun, aber immerhin wohnten sie in der Nähe der Anglerhütte. Vielleicht hatten sie ja irgendetwas gehört.

»Gern. Wir müssen gleich noch mal los, aber bis zum Abend sind wir zurück.«

»Das Essen ist inbegriffen, das wissen Sie, oder?«

Hulda nickte, obwohl sie noch gar nicht darüber nachgedacht hatte, dass es hier wohl kaum an jeder Ecke ein Restaurant gab.

Sie verabschiedete sich von Kári, richtete sich kurz in ihrem Zimmer ein und klopfte dann an Álfrúns Tür.

»Wir können noch einen Moment verschnaufen, aber dann sollten wir die Frau treffen, die den Teddy gefunden hat. Es gibt keinen Grund, das aufzuschieben. In einer halben Stunde?«

Erst jetzt fiel ihr auf, dass Álfrún gar nicht gut aussah.

»Ich muss mich etwas ausruhen«, sagte sie und setzte sich aufs Bett. »Mir ist immer noch übel. Am liebsten würde ich ein bisschen schlafen. Könnten wir nicht auch heute Abend zu der Frau gehen?«

»Dann führe ich das erste Gespräch einfach allein, Álfrún, kein Problem. Vielleicht wirst du ja krank. Du legst dich am besten wirklich etwas hin. Wir sehen uns dann zum Abendessen.« Sie bemühte sich um einen warmen Ton, doch insgeheim freute sie sich, dass sie die Frau allein befragen würde, auf ihre Weise und ohne dass Álfrún ständig dazwischenfunkte.

VII

Es waren nur wenige Fahrminuten von Káris Hof zum Haus von María, der Frau, die den Teddy gefunden hatte. Als sie losfuhr, hatte Hulda das Gefühl, beobachtet zu werden, sie meinte zu spüren, dass Kári oder seine Frau ihr aus einem der Fenster hinterherblickte und genau wusste, wohin sie fuhr.

María bat Hulda in ihre Küche und bot ihr einen Kaffee an. Die Küche war klein, darin ein Tisch für zwei Personen, ein kleiner Kühlschrank und ein guter alter Rafha-Herd.

María kam ihr sehr zurückhaltend vor, als wäre es ihr unangenehm, dass die Polizistin extra wegen ihres zufälligen Funds so weit angereist war, auch wenn Hulda natürlich wusste, dass sich die meisten Bürger in Anwesenheit der Polizei nicht wohlfühlten. Das Leben sollte seinen normalen Gang gehen, ohne dass die Polizei sich einmischte, und selbst für Menschen, die nichts verbrochen hatten, war ein Besuch von der Polizei die unangenehme Mahnung daran, dass die Welt in Wirklichkeit härter war, als sie glauben und hoffen wollten.

Marías erste Frage bestätigte Huldas Vermutung.

»Hatten Sie ohnehin im Norden zu tun?«

»Nein, ich bin gekommen, um mit Ihnen zu reden.« Álfrún erwähnte sie nicht, es wäre sicher zu viel für die arme Frau, wenn sie wüsste, dass sich sogar zwei Polizistinnen auf den Weg gemacht hatten.

María sagte nichts.

»Haben Sie noch mit weiteren Personen darüber gesprochen außer mit der Polizei?«

»Nein, natürlich nicht. Es kam sehr deutlich rüber, dass ich das nicht tun soll. Mit den Nachbarn verstehe ich mich nicht so gut. Und ich lebe allein. Wem hätte ich es also erzählen sollen?« Jetzt lächelte sie zum ersten Mal.

Der Kaffee war gut, stark und heiß.

»Erzählen Sie mir von Ihrem Fund, María.«

»Ja, sicher.« Ihre Stimme war zart, aber bestimmt, ihr Blick konzentriert. »Ich kümmere mich um das Anglerhaus, räume dort auf und mache sauber. Ich habe einen Anteil an der Fanglizenz für den Lachs, der Anglerverein verwaltet das für uns Nachbarn, aber ich übernehme gern hier und da ein paar Zusatzaufgaben. Das erhöht meinen Anteil, und ich brauche das Geld.«

»Verstehe.«

»Am Samstag war ich, wie gesagt, zum Saubermachen im Anglerhaus. Zu dieser Jahreszeit kommen keine Angler, aber wir hatten vor vierzehn Tagen dort unser Winterfest. Keine richtige Weihnachtsfeier, dafür ist es natürlich noch zu früh, wir machen uns einfach einen schönen Tag. Die Kosten nehmen wir aus der Gemeinschaftskasse.«

»Wie oft wird dort geputzt?«

»Wie oft? Na ja, so oft wie nötig.«

»Und das machen immer Sie, María?«

Sie nickte.

»Ich glaube, zuletzt im September. Ende September. Dann hatten wir unsere Feier, und danach war ich zum Aufräumen dort.«

»Wird das Haus zwischendurch genutzt? Vermieten Sie es an Gruppen, Touristen?«

»Nein, leider nicht. Über diesen Punkt werden wir uns nicht einig.«

»Und ist das Haus abgeschlossen, wenn es nicht genutzt wird?«

»Gott bewahre, ja. Kári würde ausrasten, wenn das Haus offen stünde.«

Hulda schmunzelte. Obwohl sie Kári kaum kannte, konnte sie sich gut vorstellen, dass der Umgang mit ihm kein Zuckerschlecken war, wenn er schlechte Laune hatte. Jedenfalls wirkte er sehr temperamentvoll und selbstbewusst. Sie meinte herauszuhören, dass es Konflikte zwischen Kári und María gab. Aber Zwist zwischen Nachbarn auf dem Land war nichts Ungewöhnliches.

»Kári, ja«, sagte sie. »Ich übernachte bei ihm unterm Dach.«

María stutzte.

»Im Ernst? Sie hätten mit mir sprechen sollen. Ich hätte

Sie umsonst übernachten lassen, wenn ich gewusst hätte, dass Sie dieses Urlaub-auf-dem-Bauernhof-Ding unterstützen.«

»Wie meinen Sie das?«

»Er ist einfach nur geldgierig, wahnsinnig gierig. Er hat ja gar keinen Platz für Gäste, wie Ihnen aufgefallen sein dürfte. Das Haus ist nicht groß, Sie sagen, Sie schlafen unterm Dach. Und die beiden sind sicher keine guten Gastgeber. Sie können morgen früh ruhig rüberkommen, falls das Frühstück ungenießbar sein sollte.«

Bevor Hulda etwas sagen konnte, fügte sie hinzu: »Das war jetzt vielleicht etwas übertrieben. Káris Frau ist eine gute Köchin, aber er selbst schafft es noch nicht einmal, Würstchen aufzuwärmen.«

Hulda lächelte. »Darf ich fragen, ob es Konflikte zwischen Ihnen gibt?«

»Das ist kein Geheimnis. Kári und ich sind uns noch nie in irgendeiner Frage einig gewesen, und das, obwohl wir beide Anteile am Anglerhaus haben und an der Fanglizenz. Der jüngste Streit hat daher niemanden überrascht.«

»Der jüngste Streit?«

»Ja, wegen des Kraftwerks.«

Hulda hatte davon gehört, dass an der Blanda ein Kraftwerk gebaut werden sollte, aber sich nicht weiter dafür interessiert. Soweit sie wusste, hatten die Arbeiten noch nicht begonnen.

»Verstehe«, sagte sie. »Also sind Sie und Kári sich uneins?«

María lachte laut auf.

»Uneins? Das kann man wohl sagen. Wie gesagt, der gute Mann lebt fürs Geld, er ist wie besessen davon. Ich erinnere mich noch an seine Eltern, die waren genauso. Sie hatten Pferde und haben viel Geld damit gemacht, sie ins Ausland zu verschiffen.«

Marías Alter war schwer zu schätzen, aber sie war eindeutig jünger als Kári. Vielleicht um die fünfzig. Wahrscheinlich kannten sie sich schon ihr Leben lang, und Hulda war, ohne es zu ahnen, in einen seit Jahrzehnten währenden Nachbarschaftskonflikt geraten.

»Ihr Land grenzt aneinander, nehme ich an?«

María nickte.

»Und worin besteht der Konflikt?«

»Na, ist das nicht klar? Der Mann will das Kraftwerk, und zwar sofort. Er hat hintenrum schon irgendwelche Verträge ausgehandelt, was die Entschädigung angeht, da bin ich mir sicher. Es geht um enorme Summen.«

»Nur er? Sie bekommen nichts?«

»Doch, das will ich hoffen, wenn dieser Horror denn tatsächlich in die Tat umgesetzt wird. Auch ich hätte nichts gegen ein wenig mehr Geld in der Kasse, aber ich komme auch so zurecht. Es mangelt mir an nichts. Ich habe dieses Haus und das Land und den Ertrag aus dem Fluss, das genügt mir. Reich werde ich davon nicht, aber das will ich auch gar nicht. Ich lebe allein und brauche nur das Nötigste, für mich und um das Haus instand zu halten. Das Schlimmste, was ich mir vorstellen kann, ist, dass hier große Maschinen anrücken und die schöne Landschaft verwüsten. Ich bin hier aufgewachsen, genau wie meine Eltern, Großeltern und deren Großeltern, Hulda. Ich habe zwar keine Kinder, aber ich will die Natur hier schützen. Sie verteidigen, verstehen Sie?«

Hulda hatte sich noch nicht intensiver mit dieser Thematik beschäftigt, aber sie fühlte, was María meinte. Auch sie liebte die isländische Natur, manchmal fast zu sehr, und wenn ihr das Leben übel mitspielte oder sie sich schlecht fühlte, stieg sie auf einen Berg und atmete die klare Luft und den Duft des Mooses.

»Außerdem befürchte ich, dass sich das alles negativ auf den Lachs auswirkt. Kári ist überzeugt davon, dass es ihm nicht schadet, er meint sogar, es könnte einen positiven Einfluss haben. Ich bin keine Wissenschaftlerin, aber ich glaube, in Wahrheit weiß niemand etwas. Wir leben in einem so empfindlichen Ökosystem. Solange ich lebe, will ich hier keine einzige Baumaschine sehen!« María sprach voller Leidenschaft, als wäre sie auf einer politischen Veranstaltung.

»Tja, damit kenne ich mich nicht aus«, erwiderte Hulda, nur um etwas zu sagen. »Ich habe noch nie Lachs geangelt.«

María beugte sich vor und sagte leise: »Soll ich Ihnen etwas anvertrauen, Hulda?« Sie machte eine kurze Pause. »Ich auch nicht. Meine Eltern haben viel geangelt, genau wie alle anderen hier, aber mir ist das alles zu grausam. Ich habe kein Interesse daran, es auszuprobieren, und jetzt schon gar nicht mehr.«

Aber Sie verdienen an den Fangrechten?, wollte Hulda fragen, doch sie ließ es.

»Vermutlich haben Sie das Land von Ihren Eltern übernommen«, sagte sie stattdessen.

»Ja. Sie sind beide schon ins nächste Abenteuer aufgebrochen, mit ein paar Jahren Abstand, und ich blieb allein zurück. Mehr Kinder hatten sie nicht, nur mich. Ich interessiere mich nicht für die Landwirtschaft, das habe ich alles vor langer Zeit verkauft, nur die Fanglizenz habe ich behalten. Ich führe ein ruhiges Leben, auch wenn es Ihnen vielleicht einfach nur eintönig vorkommen mag. In der Hauptstadt ist natürlich mehr los, mehr Leben. Wie kann diese Frau bloß die ganze Zeit in der Einöde sitzen und aus dem Fenster starren, denken Sie sicher. Und wissen Sie was? Ich wünschte, ich wäre wirklich in der Einöde, da hätte ich meine Ruhe und keinen Ärger mit den Nachbarn. Allein unter Vögeln fühle ich mich am wohlsten.«

Dem konnte Hulda nur zustimmen, bis zu einem gewissen Punkt zumindest. Sie liebte Dimma, sie liebte Jón – jedenfalls meistens –, aber am wohlsten fühlte sie sich unter Vögeln, in den Bergen oder am Meer, am liebsten mit freiem Blick in alle Richtungen, vom Berggipfel oder von der Küste bis zum Horizont. Die Natur bot ihr Freiheit, während das Stadtleben sie einengte. Von den Fenstern ihrer Wohnung aus sah sie nicht weiter als bis zum nächsten Wohnblock. Dort bekam sie keine Luft, das war auf Dauer kein Leben.

»Tja, ich bin nicht hergekommen, um mir eine Meinung über das Kraftwerk zu bilden«, sagte Hulda, »aber ich kann Sie gut verstehen. Ich fühle mich nirgends so wohl wie draußen in der Natur.«

»Und ich fühle mich nirgends so wohl wie oben auf der Hochebene, die geflutet werden soll. Die Leute aus Reykjavík sagen zwar, dass das Kraftwerk unterirdisch gebaut wird und es *nur minimale Eingriffe* geben wird, aber dennoch wird dieser wunderbare Fluss gestaut, sodass ein Stausee entsteht. Das ist für mich schon viel zu viel. Wir – oder vielmehr die Bauern – müssen neues Ackerland finden. Niemand denkt an die Tiere, niemand denkt an die Natur, die Tausende Jahre so gewesen ist, Tausende Jahre, und jetzt wollen wir alles verändern. Kári denkt nur ans Geld. Für ihn ist einzig und allein entscheidend, was das alles für ihn abwirft.« Sie machte eine kurze Pause, dann sagte sie: »Ich will mittellos sterben, Hulda. Man nimmt nichts mit in dieses nächste Leben, aber ich will zufrieden mit mir sein, wenn ich gehe.«

Das möchte ich auch, dachte Hulda und hoffte zugleich, dass dieser Moment des Abschieds noch in weiter Ferne lag. Sie sah sich in einem Krankenhaus sterben, in hohem Alter, und Dimma würde ihre Hand halten, ihr sagen, dass alles gut wird, dass sie keine Angst zu haben braucht.

»Gibt es noch weitere Eigentümer der Anglerhütte?«, fragte sie und versuchte so, in die Realität zurückzufinden.

»Ja, das Haus gehört insgesamt vier Parteien. Meinem direkten Nachbarn Kári, dann Vala und Óskar, die neben ihm wohnen, und Eilífur auf dem letzten Hof.«

»Eilífur, wie das Adjektiv ›ewig‹?«

»Ja, der Name hat Tradition in der Familie. Sein Vater hieß schon so, und auch der Großvater. Komisch, oder?«

Hulda nickte, obwohl sie den Namen nicht komisch, sondern nur sehr ungewöhnlich fand. Eine Zeit lang hatte auch sie mit ihrem Namen gehadert, die Verborgene, und hätte sich einen geläufigeren Namen gewünscht. Anna vielleicht, oder auch Guðrún. Inzwischen hatte sie sich jedoch mit ihrem Namen arrangiert, mochte seine Bedeutung.

»Ich werde heute Abend mit Kári sprechen. Er hat mich zum Abendkaffee eingeladen, mit seiner Frau.«

María lachte: »Er wird Ihnen die Ohren vollschwatzen, der Gute.«

Hulda dachte im Stillen, dass auch María ziemlich viele Worte gemacht hatte, da ihr das Thema offenbar sehr am Herzen lag.

»Ich frage mich, ob ich nicht mit all diesen Leuten, die Sie genannt haben, reden müsste – mit Eilífur, Vala und ...«

»Óskar«, ergänzte María.

»Ja, genau.«

»Das ist eine Überlegung wert. Sie waren alle bei der Feier im Anglerhaus dabei.«

»Nur sie?«

»Und ich natürlich.«

»Glauben Sie, dass jemand den Teddy an jenem Abend verloren hat?«

María holte tief Luft, leerte ihre Kaffeetasse und stülpte sie um.

»Soll ich im Kaffeesatz für Sie lesen, Hulda?«

Es schauderte Hulda. Sie mochte es nicht, wenn Menschen so taten, als ob sie in die Zukunft sehen könnten, und sie fürchtete sich vor solchen Weissagungen. Die Zukunft war ein unbeschriebenes Blatt, schon allein deshalb irgendwie unheimlich. Hulda wollte möglichst wenig im Voraus wissen und lieber das Beste hoffen. Nur dass sie mit Dimma an ihrer Seite alt werden würde, das spürte sie ganz deutlich, das wusste sie genau. Manchmal war auch Jón Teil ihres Traums von der Zukunft, manchmal aber auch nicht.

»Nein, aber trotzdem danke. Ich glaube nicht an solche Dinge.«

»Man muss nichts glauben. Die Zukunft ist vorherbestimmt, und Sie entscheiden, ob Sie den Schleier lüften wollen oder nicht.« Dann sagte sie: »Es war also der Teddy? Von dem verschwundenen Jungen?«

»Es scheint so, ja. Aber noch einmal: Vorerst wollen wir das für uns behalten.«

»Sie wiederholen sich. Sie können mir vertrauen, Hulda.«

»Woher wussten Sie denn, womit Sie es zu tun haben?«

»Ich lese Zeitung, verfolge die Nachrichten und bin älter als Sie, erinnere mich noch gut an diesen Fall. In allen

Einzelheiten. Das war so ein Schock, so ... ja, so dreist. Darf man das sagen?«

»Sie dürfen sagen, was Sie wollen, María. Und Sie können denken, was Sie wollen. Wir sind einfach nur dankbar dafür, dass Sie eins und eins zusammengezählt und sich gemeldet haben. Manch einer hätte es einfach auf sich beruhen lassen.«

»Ich nicht. Diese Leute sind mir nicht wichtig, nicht in dem Maße. Sie halten immer zusammen, alle gegen mich. Ich kann es nicht zulassen, dass einer von ihnen mit einer Kindesentführung durchkommt, oder vielleicht noch Schlimmerem ... Als ich den Teddy mit dem eingestickten Namen gesehen habe, haben sofort die Alarmglocken geschrillt. So etwas vergisst man nicht. Das war natürlich noch vor den Zeiten des Fernsehens, aber im Radio wurde damals viel darüber berichtet. Manchmal habe ich mich wie in einem Hörspiel gefühlt. Ich liebe Hörspiele, das ist mein Zeitvertreib.«

War *das* ihre Absicht, den Nachbarn eins auszuwischen? Den Verdacht auf sie zu lenken, auf alle oder auf eine bestimmte Person? Konnte Hulda ihr vertrauen? Hatte sie den Teddy tatsächlich in der Anglerhütte gefunden oder vielleicht an einem ganz anderen Ort?

»Erzählen Sie mir noch einmal genau, was passiert ist, María«, bat sie schließlich. »Sie haben in der Anglerhütte aufgeräumt, und dann ...?«

»Ich war eigentlich schon fertig mit Aufräumen, aber ich habe mir angewöhnt, zuallerletzt noch einen Blick hinter den Kühlschrank zu werfen. Der Hund von Kári versteckt dort nämlich manchmal Dinge. Das unerzogene Vieh.«

Das musste der Hund sein, der Hulda auf dem Hof in Empfang genommen hatte. Und der eigentlich ganz brav und freundlich gewirkt hatte ...

»Und da lag der Teddy?«

»Ja, halb durchnässt, offenbar hatte der Hund ihn gefunden und in sein Versteck geschleppt. Der Teddy war ziemlich zerschlissen und auch leicht zerfetzt, wie Sie sicher gesehen haben.«

»Ja, habe ich. Und Sie gucken wirklich jedes Mal hinter den Kühlschrank?«

»Jedes Mal. Mein Motto ist: Mach es richtig – oder lass es ganz sein. Ich will mir nicht nachsagen lassen, dass ich meine Arbeit schlecht mache.«

»Wie oft wurde das Haus genutzt, seit Sie das letzte Mal dort sauber gemacht haben, also bevor der Teddy aufgetaucht ist?«

»Es wurde nur dieses eine Mal genutzt. Für unsere Feier.«

»Ich würde mir gern genau aufschreiben, wer alles dabei war«, sagte Hulda und fischte ihr Notizbuch aus der Tasche.

»Ich natürlich. Kári und seine Frau Cerise.«

Sie nahm sich Zeit, schien die Aufmerksamkeit zu genießen.

»Cerise?«, hakte Hulda nach.

»Ja, sie ist Französin«, antwortete María. Dann fügte sie hinzu: »Sie spricht fließend Isländisch, lebt schon lange hier, ist als Jugendliche hergekommen, meine ich.«

»Gut. Wer noch?«

»Vala und Óskar, und der alte Eilífur. Der trinkt immer am meisten von allen und steckt es erstaunlich gut weg. Redet ständig von Bier, wie sehr er es vermisst. Er war früher auf See, als sein Vater sich noch um den Hof kümmern konnte, und da hat er Bier kennengelernt!« María lachte.

»Also sechs Leute? Und einer von ihnen hatte also ...«

»Nein, entschuldigen Sie, ich habe die Jungs vergessen.«

»Die Jungs?«

»Die Söhne von Kári und Cerise, sie haben zwei Jungen. Der eine wohnt in Blönduós, er ... arbeitet da, Orri ist sein Name. Und dann ist da noch Ísak, er hat ein bisschen Land hier im Tal, eine Parzelle, die seiner Familie gehört. Er wird Káris Hof übernehmen, wenn er zu alt ist, darauf freue ich mich. Er ist anpackend, und ich komme deutlich besser mit ihm zurecht als mit seinem Vater.«

Acht Personen standen jetzt auf ihrer Liste.

Und eine davon wusste vermutlich die Antwort auf das Rätsel um das Schicksal des kleinen Jungen.

VIII

Es war ein verlockender Gedanke, allein weiterzuforschen, doch sofort regte sich Huldas Gewissen. Sie durfte Álfrún nicht außen vor lassen, auch wenn sie natürlich die Ermittlungen leitete. Außerdem meldete sich langsam die Müdigkeit, sie war früh aufgestanden und hatte fast die ganze Strecke am Steuer gesessen. Also fuhr sie gleich zurück zu ihrer Unterkunft, wo der Hund sie freudig empfing.

Gern hätte sie als Erstes Jón angerufen und nach Dimma gefragt, doch sie geduldete sich. Sie musste ihrem Mann vertrauen und ihm zeigen, dass sie nicht daran zweifelte, dass er gut für das Kind sorgte.

Auf dem Weg durchs Haus begegnete sie niemandem. Zum Glück. Auch Álfrún ließ sich nicht blicken, daher legte Hulda sich einen Augenblick aufs Bett. Die Matratze war fest, aber nicht unbequem, und als Hulda das nächste Mal auf die Uhr sah, musste sie feststellen, dass sie anderthalb Stunden tief und fest geschlafen hatte. Draußen dämmerte es schon.

Hulda war froh, dass sie beim Abendkaffee nicht allein wäre. Álfrún würde zwar nicht gerade ihre Freundin werden, aber es war deutlich angenehmer, all diesen fremden Menschen hier nicht allein gegenübertreten zu müssen.

Sie genoss noch einen Moment lang den Blick aus dem Fenster, um Kraft zu sammeln, bevor sie schließlich aufstand.

Als sie ihr Zimmer verließ und an Álfrúns Tür klopfen wollte, hörte sie unten Geräusche. Sicher war Álfrún schon hinuntergegangen. Vielleicht konnten sie also sogar noch eine weitere Befragung durchführen. Besonders mit dem alten Mann von dem letzten Hof, der diesen ungewöhnlichen Namen trug und gern trank, wollte sie sprechen.

Vorsichtig stieg sie die Treppe hinunter und ging in die Küche.

Dort stand jemand mit dem Rücken zu ihr. Es war nicht Álfrún, und auch nicht Kári.

»Guten Abend«, sagte sie leicht zögernd.

Der Mann drehte sich um. Er war in Huldas Alter und eine jüngere Version von Kári. Es ließ sich erahnen, dass der Bauer früher einmal sehr attraktiv gewesen war.

»Und wer bist du?« Der Ton war freundlich, etwas Schelmisches schwang darin mit.

Sie lächelte. »Hulda Hermannsdóttir, ich übernachte hier oben bei … bei deinen Eltern …«

»Im Ernst? Haben sie jemanden gefunden, dem sie für eine Matratze unterm Dach Geld abknöpfen können? Das kommt nicht oft vor. Wie gefällt es dir? Wir Brüder haben da oben gespielt. Damals war es noch ein einfacher Dachboden, die reinste Abenteuerwelt für uns.«

»Ich habe tief und fest geschlafen, mitten am Tag. Das gelingt mir nicht oft, daher gebe ich dem Zimmer eine gute Note. Mal sehen, wie die Nacht wird.«
»Unangenehm«, prognostizierte er, öffnete den Kühlschrank und holte Käse heraus. »Ich habe Toast gemacht. Möchtest du auch?«
»Nein danke. Ich warte auf das Abendessen.«
Hulda geduldete sich, bis er sein Brot belegt und abgebissen hatte.
Dann fragte sie: »Wieso unangenehm?«
»Du bist aus Reykjavík, Hulda. Zumindest höre ich dir an, dass du nicht aus dem Norden stammst. Nur Stadtkinder können es sich leisten, den Wetterbericht zu ignorieren.«
»Okay, soll es schlechtes Wetter geben?«, fragte sie vorsichtig.
»Ein Unwetter, heute Abend. Unterm Dach wird es furchtbar laut sein, so viel steht fest. Ich habe im tosenden Regen da oben gespielt, so etwas vergisst man nicht. Ich hoffe, du hast einen tiefen Schlaf, Hulda.«
»Wird schon.«
»Und was machst du so in Reykjavík?«
Wie gern hätte sie in diesem Moment gelogen und nicht erwähnt, dass sie Polizistin war, aber natürlich wäre sie damit früher oder später aufgeflogen.
Sie betrachtete ihn, ein bisschen zu lange, und hoffte, dass er es nicht bemerkte. Mit einem Mal wurde ihr klar, dass dieser Bursche vom Land genau das Gegenteil von Jón war: freundlich, humorvoll und offen.

Nein, so durfte sie nicht denken. Sie musste Jón endlich anrufen – aber nicht vor diesem Mann.

»Ísak, stimmt's?«, fragte sie, ohne auf seine Frage einzugehen.

»Ich hätte mich noch vorgestellt, früher oder später, Hulda Hermannsdóttir«, sagte er. »Aber ja, ich bin Ísak. Woher weißt du das?«

»Ísak Kárason, nehme ich an?«, fragte sie fast wie bei einer Vernehmung, obwohl sie doch eigentlich nicht in die Rolle der Polizistin schlüpfen wollte.

»Du bist schlau.«

»Und du der ältere Bruder?«

»Ja, Orri ist der jüngere, aber das scheinst du ja alles schon zu wissen.«

Hulda fand Gefallen an diesem Spielchen. »Wo ist dein Bruder?«

»Er wohnt in Blönduós. Lässt sich nur selten hier blicken. Ich komme oft zum Essen rüber, wie du siehst. Isst du heute Abend mit uns?«

»Ja, ich denke schon.«

»Gut. Dann erfahre ich vielleicht endlich, was du machst.« Seine Augen verengten sich ein wenig.

»Ich arbeite bei der Kriminalpolizei.«

Ísak lachte laut auf. »Das hätte ich mir denken können! Bei all den Fragen ... Und du machst hier mitten im Winter Urlaub?«

»Nein. Ich bin dienstlich hier.«

Damit hatte er wohl nicht gerechnet. Guckte er verwundert oder ein kleines bisschen ängstlich? Hulda war sich nicht sicher.

»Wegen irgendetwas, das in dieser Gegend hier passiert ist?«

Sie antwortete nicht sofort.

»Hat es mit uns zu tun?«, fragte er dann.

»Wegen dir bin ich nicht gekommen, Ísak. Deine Eltern bieten zufällig Gästezimmer an, ich kannte sie nicht«, sagte Hulda und hoffte, dass sie ihm die Sorge nehmen konnte, obwohl ihr Besuch nach dem Gespräch mit María eine neue Richtung genommen hatte und auf einmal acht Menschen ins Visier der Ermittlungen geraten waren, unter anderem auch Ísak selbst.

»Wo wohnst du?«, fragte sie, um nicht über die Ermittlungen sprechen zu müssen.

»Gleich dahinten. Ich bin Bauer auf Probe«, sagte er lächelnd.

»Das heißt?«

»Na ja, mein Vater hat mir ein kleines Stück Land geliehen. Er bereitet mich auf größere Aufgaben vor. Wenn er keine Lust mehr hat, übernehme ich den Laden. Mein Bruder hat kein Interesse daran, aber das Land soll in der Familie bleiben. Und weißt du, Hulda, mir gefällt der Gedanke. Ich fühle mich wohl auf dem Land, auch wenn du das vielleicht nicht verstehen kannst.«

»Geht mir genauso«, rutschte es ihr heraus. Eigentlich hatte sie etwas ganz anderes sagen wollen, aber es stimmte tatsächlich, sie fühlte sich hier draußen wohl. Die frische

Luft tat ihr gut, die Nähe zur Natur, und in ihrer Dachkammer hatte sie verdammt gut geschlafen, auch wenn es nur ein Nickerchen gewesen war. Auf einmal sah sie eine völlig andere Zukunft vor sich, in der sie mit Ísak Kárason in diesem Haus lebte, sich um die Landwirtschaft und den Lachs kümmerte. Ein absurdes Gedankenspiel, das sie schnell wieder vergaß.

»Und lebst du allein?«, fragte sie, obwohl sie die Antwort bereits zu kennen glaubte, da María nichts davon gesagt hatte, dass die Brüder in festen Beziehungen lebten.

»Ganz allein, aber ich habe meine Bücher. Liest du viel, Hulda?«

»Nicht genug.«

»Ich leihe dir gern ein Buch, komm einfach bei mir vorbei.«

Sie nickte.

»Gern«, antwortete sie fast verlegen.

»Ich suche was Gutes für dich raus«, sagte Ísak und schob sich den letzten Bissen Brot in den Mund. »Ich gehe jetzt. Wir sehen uns heute Abend, Hulda Hermannsdóttir.«

Sie stand wie angewurzelt da, sah zu, wie er aus der Küche verschwand, und bemerkte, dass sie sich gar nicht von ihm verabschiedet hatte. Egal. Im selben Moment, als sich die Haustür hinter ihm schloss, polterte es hinter ihr auf der Treppe. Sie sah sich um.

»Álfrún, wieder auf dem Damm?«

»Hulda«, sagte sie und grinste. »So redet meine Oma. Aber ja, mir geht's besser, falls du das meinst. Die Übelkeit ist offenbar vorbei. Mal abwarten. Was jetzt?«

»Setzen wir uns. Nach meinem Gespräch mit María sehe ich ein wenig klarer. Gerade bin ich dem älteren Sohn unserer Gastgeber begegnet, Ísak, ich konnte kurz mit ihm reden.«

»Ach ja? Hat er auch damit zu tun?«

»Nein, nein, natürlich nicht, aber sein Name steht auch auf der Liste der Personen, die María mir genannt hat. Ich gehe dem nach und schaue bei Gelegenheit bei ihm vorbei. Ein netter Kerl«, sagte Hulda und hoffte, dass man ihr nicht ansah, wie sehr Ísak sie beeindruckt hatte.

»Liste mit Personen? Was soll das heißen?«

»Komm, wir setzen uns ins Wohnzimmer. Dann erzähle ich es dir.«

»Und wie gehen wir es jetzt an?«

Die Frage kam von Álfrún. Hulda und sie saßen im Wohnzimmer und waren, wie es schien, allein im Haus. Seit Ísak gegangen war, hatte Hulda keine Geräusche mehr gehört.

Sie hatte Álfrún detailliert von ihrem Gespräch mit María berichtet.

»Wir lassen es heute ruhig angehen. Beim Abendessen können wir mit Kári und Cerise sprechen, wahrscheinlich auch mit ihrem Sohn, vielleicht sogar mit beiden. Und von den anderen verschaffen wir uns morgen einen ersten Eindruck. Wie klingt das?«

»Super. Du bist die Chefin, und ich will von dir lernen«, beteuerte Álfrún, und wieder war Hulda nicht sicher, wie ernst sie das meinte. »Hast du noch mit jemand anderem über den Teddy oder den verschwundenen Jungen gesprochen außer mit María?«

Hulda schüttelte den Kopf.

»Vermutlich müssen wir das irgendwann, oder?«

Hulda war noch zu keinem Schluss gekommen, wie sie am geschicktesten vorgehen sollten.

»Ich möchte damit noch ein wenig warten«, sagte sie schließlich. »Es wird nicht schaden, die Leute noch ein bisschen im Unklaren zu lassen. Vielleicht haben wir es danach leichter.« Sie konnte es nicht erklären, aber ihr Gefühl sagte ihr, dass es so richtig war. Jeder Fall war anders, es war immer ein Sprung ins kalte Wasser, und sie hatte gelernt, auf ihr Bauchgefühl zu hören. »Lass uns auf jeden Fall bis morgen warten.«

»Okay. Ich habe einen Bärenhunger. Wann soll es Essen geben?«

Hulda zuckte mit den Schultern. »Sie geben uns sicher Bescheid. Ich führe in der Zwischenzeit ein oder zwei Telefonate. Das sollte im Übernachtungspreis inbegriffen sein«, sagte sie mehr zu sich selbst als zu Álfrún. In ihrem Zimmer war kein Telefon, aber in der Diele hatte sie eins gesehen. Es stand auf einem alten Telefonbuch. Offenbar hielten diese Leute es nicht für nötig, sich jedes Jahr die überarbeitete Version zu holen.

»Eine Verbindung nach Reykjavík ist nicht billig, aber du

entscheidest, Hulda«, sagte Álfrún und stürzte auf einmal die Treppe hinauf, als ginge es um ihr Leben. Mal wieder fühlte Hulda sich deutlich älter als ihre Kollegin. Nicht nur, weil sie eine alte Seele war, sondern vermutlich auch, weil Álfrún ungebunden war, ohne festen Partner und ohne Kind, und die Zukunft noch wie ein unbeschriebenes Blatt vor ihr lag. In Huldas Leben hingegen schien das meiste bereits festzustehen. Nur wenige Fragen waren noch offen: Würden Jón und sie noch weitere Kinder kriegen? Würden sie irgendwann in dem Haus auf Álftanes wohnen?

Als Erstes wollte sie nach Hause telefonieren, also setzte sie sich auf den unbequemen Hocker vor dem Drehscheibentelefon in der Diele und wählte die Nummer.

Oft dauerte es so lange, bis Jón ranging, dass Hulda schon fast wieder auflegte, aber diesmal wurde zu ihrem Erstaunen schnell abgenommen: »Hallo?«

Die Stimme klang nach einer jungen Frau.

»Hallo. Ich wollte eigentlich mit Jón sprechen, vielleicht habe ich mich verwählt ...«

»Ähm, nein, nein, Sie sind hier richtig. Er ist nur gerade nicht zu Hause.«

»Und wer sind Sie, wenn ich fragen darf?«

»Þórdís. Ich passe so lange für ihn auf.«

»Bitte?«

»Ich passe hier auf. Hören Sie mich?«

»Doch, doch, aber die Verbindung ist nicht so gut«, sagte Hulda entschuldigend, obwohl die Verbindung prima war. »Jón ist nicht zu Hause?«

»Nein, er musste kurz zur Arbeit, deshalb hat er mich angerufen.«

Hulda kannte diese Þórdís nicht, und sie hatte auch noch nie auf Dimma aufgepasst.

»Kennen Sie sich denn?«

»Jón und ich? Nein. Mein Vater kennt ihn. Von der Arbeit.«

Hulda verdrehte die Augen.

»Kann ich bitte mit Dimma sprechen?«

»Wer ist denn da?«

»Hulda, Jóns Frau.«

»Oh, verstehe. Dimma schläft. Sie ist krank.«

»Krank?«

»Ja, sie hat Fieber. Aber nichts Ernstes, denke ich.«

»Sagen Sie Jón, dass er zurückrufen soll«, befahl sie dem Mädchen in scharfem Ton.

Sie legte auf.

Wie kam Jón darauf, ein krankes Kind in die Obhut einer Babysitterin zu geben? Konnte man ihm noch nicht einmal die einfachsten Aufgaben anvertrauen? Sie kochte innerlich und musste sich erst einmal beruhigen, bevor sie Atli anrief, den Vater des verschwundenen Jungen, um ihn mit Marías Namensliste zu konfrontieren.

Atli ging sofort ran.

»Darf ich Ihnen ein paar Namen vorlesen, Atli?«, fragte sie. »Ich bin im Norden und würde gern wissen, ob Sie jemanden von der Liste kennen.«

»Na schön«, sagte er und klang dabei nicht desinteressiert, sondern vielmehr hoffnungslos.

Sie las die Namen vor, einen nach dem anderen, mit kurzen Pausen dazwischen. Wie gern hätte sie ihm in diesem Moment gegenübergesessen und seine Miene beobachtet. Das Schweigen am anderen Ende der Leitung war ohrenbetäubend. Atli sagte kein Wort.

Als Hulda alle Namen vorgelesen hatte, fragte sie: »Kennen Sie einen der Namen, Atli? Nehmen Sie sich Zeit, es eilt nicht, aber es könnte wichtig sein.«

»Keinen einzigen«, sagte er, ohne zu zögern. »Glauben Sie, dass eine dieser Personen den Teddy hatte?«

»Könnte sein«, antwortete Hulda. »Könnte gut sein.«

»Dafür habe ich keine Erklärung, leider. Ich befürchte, Sie verrennen sich. Das muss ein merkwürdiger, tragischer Zufall sein. Dass das Schicksal die alten Wunden aufreißt, nur zum Vergnügen.« Nach einer kurzen Pause fügte er hinzu: »Das tut mir nicht gut.«

»Das ist mir vollkommen bewusst, Atli. Ich sehe es aber aus einer anderen Perspektive, ich sehe darin einen Funken Hoffnung, dass Sie endlich Antworten bekommen.«

»Darauf habe ich lange gewartet, so lange, dass ich weiß, dass es keine Antwort gibt. Damit habe ich mich abgefunden. Ich meine es nicht böse, aber Sie wecken damit bloß falsche Hoffnungen. Darf ich Sie bitten, nicht mehr anzurufen, Hulda? Es sei denn, Sie haben etwas Neues herausgefunden.«

IX

»Ich bin in Frankreich geboren«, erzählte Káris Frau Cerise in fast akzentfreiem Isländisch. »Aber ich lebe schon sehr lange hier, bin als Jugendliche hergekommen.«
»Wie kam es dazu?«, fragte Hulda. Sie saßen beim Essen, Kári und Cerise, Hulda und Álfrún, und es gab Lamm, ausgesprochen köstliches Fleisch, wie Hulda zugeben musste. Es war für eine weitere Person gedeckt, und ohne genauer darüber nachzudenken, warum das so war, hoffte Hulda, dass Ísak die fünfte Person sein würde und dass er bald kam.

»Die Pferde. Meine Mutter ist Französin, mein Vater Deutscher und ein Pferdemensch. Wir hatten sowohl in Frankreich als auch in Deutschland ein Haus, und als ich siebzehn war, hatte ich die Chance, nach Island zu gehen und mit Pferden zu arbeiten. Nicht hier, sondern im Süden. Ich habe mich schlicht in das Land und die Menschen verliebt und bin seitdem kaum mehr in meiner Heimat gewesen.« Sie lächelte, und ihre Augen leuchteten.

»Und dann hat sie mich kennengelernt«, brummte Kári. Die beiden waren grundverschieden, zumindest äußerlich. Cerise war eine zarte Person, fast puppenhaft, und Kári groß und grob in seinen Bewegungen. Er war wirklich kein schöner Mann mehr, im Gegensatz zu Cerise, die auch im Alter noch eine ausgesprochen hübsche Frau war. Aber irgendwie hatten die beiden sich gefunden, vielleicht gerade weil sie so verschieden waren. Genau wie Hulda und Jón.

»Das war reiner Zufall.« Cerise schmunzelte. »Manchmal fädelt das Schicksal die Dinge so ein. Er trennte sich gerade von seiner Frau und war völlig am Ende, der Arme.«

»Aber Pferde haben Sie hier nicht, oder?«, fragte Hulda.

»Nein, leider, ich bin nicht mehr so pferdeverrückt wie früher. Jetzt reicht mir Island, ich fühle mich nirgendwo so wohl wie hier, an unserem Fluss, nahe an den Bergen und Gletschern, mit unseren Tieren und unseren Jungs natürlich. Es ist so ein Segen, dass sie beide in unserer Nähe leben.«

»Dem einen bin ich vorhin begegnet. Ísak, stimmt's?«

»Ja, Ísak«, sagte Kári. »Ihn habe ich mit meiner ersten Frau bekommen. Sie ist schon gestorben, Gott hab sie selig, aber Cerise ist ihm wie eine Mutter gewesen.«

Im selben Moment knallte eine Tür, und kurz darauf betrat Ísak den Raum.

»Guten Abend«, sagte er und wirkte dabei fast wie der Moderator einer Unterhaltungssendung. Er zog sofort alle Aufmerksamkeit auf sich und schien es zu genießen.

Jón fühlte sich unter Menschen eher unwohl, und manchmal wunderte Hulda sich, wie er bei seiner Arbeit so erfolgreich sein konnte, wo es doch hauptsächlich um Kommunikation ging, um geschicktes Verhandeln. Vielleicht aber war ja Vertrauenswürdigkeit das Allerwichtigste, und das war Jón definitiv, verlässlich und berechenbar.

Ísak beugte sich über den Tisch und begrüßte Álfrún.

»Du bist auch bei der Polizei?«

»Ja, da sind jetzt nur noch Frauen«, scherzte sie.

»Tut mir leid, dass ich so spät bin«, sagte er. Er setzte sich und lud seinen Teller voll. »Ich bin bei Vala und Óskar hängen geblieben, wir haben über das Unwetter geredet. Noch ist alles ruhig.«

»Die Ruhe vor dem Sturm«, brummte Kári.

»Ich habe Hulda schon gewarnt, dass das keine ruhige Nacht wird unterm Dach«, sagte Ísak und sah seinen Vater an. »Ich verstehe nicht, wie du da oben Gäste unterbringen kannst. Fünf Sterne sind das nicht gerade.«

»Das sind die einzigen freien Zimmer im Haus, mein Lieber«, sagte Cerise.

Ísak reagierte nicht auf die Worte seiner Stiefmutter, sondern aß weiter.

»Uns geht es gut da oben, stimmt's?«, sagte Hulda und sah Álfrún an.

»Ja, alles bestens. In der Stadt wohne ich in einem Keller, da ist es immer kalt, und eine Aussicht habe ich auch nicht, dagegen ist es hier einfach nur traumhaft«, sagte Álfrún. »Ich glaube auch nicht, dass ein Unwetter kommt. Ich pfeife auf den Wetterbericht.«

Jetzt meldete Kári sich zu Wort: »Das können wir uns hier nicht erlauben, wir sind zu sehr vom Wetter abhängig.«
Darauf aßen sie in Stille weiter.

»Im Radio läuft das Abendprogramm«, sagte Cerise. »Wollen wir es einschalten?«
Sie saßen bei einem Kaffee im Wohnzimmer, dazu gab es Schmalzgebäck und Kuchen. Kári hatte den gemütlichsten Platz eingenommen, einen Sessel in der Ecke; Hulda und Álfrún saßen auf dem Sofa. Cerise stand vom Tisch auf und schaltete das Radio ein.

Ísak war kurz telefonieren gegangen, wollte seinen Bruder anrufen. Als er zurückkam, steuerte er auf das Sofa zu.

»Ihr müsst ein bisschen zusammenrücken«, sagte er und setzte sich neben Hulda.

Der Radiosprecher verkündete das Programm, die Übertragung war in Ordnung, nur ab und zu knackte es, wie es sich gehörte: »Zuerst singt Jóhann Konráðsson einige Lieder von Jóhann Ó. Haraldsson. Begleitet wird er von Guðrún Kristinsdóttir am Klavier. Anschließend hören wir einen Beitrag von Postdirektor Jón Gíslason aus Hraungerði im Bezirk Hraungerði. Danach folgen Gedichte ...«

Kári fiel dem Sprecher ins Wort und polterte mit dröhnender Stimme: »Willkommen auf dem Land, Hulda. Willkommen, Sie beide.«

Hulda lächelte. »Vielen Dank. Und vielen Dank für die Beherbergung.«

»Na, Sie zahlen ja dafür.«

»Guter Kaffee«, sagte Álfrún, doch ihr Lob fand keine Beachtung.

»Was treibt denn nun zwei Polizistinnen hierher?«, begann Kári.

»Ach, Papa, du ...«, schaltete Ísak sich ein, doch Kári brachte seinen Sohn mit einem Zischen zum Schweigen.

»Hm, Hulda?«

Hulda ließ sich davon nicht beeindrucken. Sie hatte schon öfter mit aufdringlichen Männern zu tun gehabt, aber sich nie die Butter vom Brot nehmen lassen.

»Es laufen Ermittlungen, zu denen ich noch keine Details bekannt geben darf. Aber ich hoffe, Ihnen vor unserer Abreise alles erklären zu können.«

»Ich ahne schon, was hier im Busch ist«, sagte Kári in scharfem Ton.

Hatte María doch nicht dichtgehalten? Oder gab es in dieser kleinen Gemeinschaft Geheimnisse, die im Zusammenhang mit dem verschwundenen Kind standen?

Hulda beugte sich auf dem Sofa vor.

»Lassen Sie hören«, sagte sie ruhig, als ließe sie Káris Auftreten völlig unbeeindruckt.

»Das werde ich tun«, antwortete er. »Es ist wegen María, richtig?«

Diese Vermutung überraschte Hulda, doch sie ließ es sich nicht anmerken.

»Sie hat sich über mich beschwert, wie Sie vermutlich wissen.«

»Ach ja?«

Er zuckte mit den Achseln, leicht gereizt, als nervte es ihn, dass Hulda so tat, als wüsste sie von nichts.

»Wegen des Kraftwerks«, sagte er, und man merkte ihm an, wie nahe ihm das ging. »Ich weiß, dass sie sich bei der Polizei über mich beschwert hat.« Er sah kurz zu seiner Frau und seinem Sohn hinüber. »Und jetzt schicken sie zwei Polizistinnen aus dem Süden hierher, noch dazu Frauen, um mich zu verunsichern. Und Sie sind sogar so dreist, sich bei mir einzuquartieren. Geht das nicht ein bisschen zu weit?«

Er machte eine Pause, um Luft zu holen, dann fuhr er fort: »Ich habe gesehen, Hulda, dass Sie vorhin zu María gefahren sind. Das war das Erste, was Sie getan haben. Stimmt doch, oder?«

»Das ist kein Geheimnis, aber es gefällt mir trotzdem nicht, wenn man mir nachspioniert.«

»Ich habe Ihnen nicht nachspioniert«, sagte er etwas verlegen. »Ich ... ähm ... ich habe nur gesehen, dass ...«

»Kein Problem. Ja, ich war bei María, und wir werden zweifellos noch mit weiteren Personen hier reden«, erklärte Hulda. Sie fühlte sich jetzt absolut souverän und hatte eine diebische Freude daran zu beobachten, wie der Mann sich selbst in Bedrängnis brachte.

Kári schwieg. Im Radio lief ein Lied mit Klavieruntermalung. Jetzt bemerkte Hulda, dass es draußen aufgefrischt hatte. Der Schlagabtausch mit dem Hausherrn störte sie nicht im Geringsten, aber das Wetter beunruhigte sie, nachdem Ísak so davor gewarnt hatte.

»Wenn Sie mich verhaften wollen, dann tun sie es, in Gottes Namen. Ich will hier nicht herumsitzen und darauf warten«, sagte Kári völlig unvermittelt und mit einem Beben in der heiseren Stimme.

»Sie verhaften?«, stutzte Hulda. »Wieso meinen Sie, wir sollten das tun?«

»Weil ich verdammt noch mal etwas lauter gegenüber María geworden bin. Ich wollte ihr nichts Böses, natürlich nicht, und es ist ja auch nichts weiter passiert. Niemand wurde verletzt, es ist nichts zu Bruch gegangen, nur ein paar Taschen und Beutel sind vom Tisch geflogen. Ich habe schon tausend Mal gesagt, dass ich sie nicht angegriffen habe. Sie hat mich auf die Palme gebracht, mich angeschrien, und ich habe bloß darauf reagiert, habe meine Sicht auf die Dinge deutlich gemacht, und dabei bin ich eben etwas lauter geworden ...«

Diesen Zwischenfall hatte María gar nicht erwähnt, und auch die Kollegen vor Ort hatten nichts davon gesagt.

»Immer mit der Ruhe. Ich habe nicht vor, jemanden zu verhaften«, sagte Hulda im selben Moment, als eine Windböe auf das Haus traf.

»Jetzt geht es los«, brummte Ísak.

Hulda ließ sich nicht ablenken und fragte Kári: »Worum ging es denn bei dem Streit?«

»Sie will den Bau des Kraftwerks verhindern. Sie verschließt sich vor Argumenten, ist einfach unbelehrbar«, schimpfte Kári und schaffte es kaum, seine Empörung zu verbergen. »Dieses Projekt wird uns wahnsinnig viel Wohlstand bringen, direkt und indirekt, Arbeit, Lohn und ich weiß nicht was. Das habe ich versucht ihr zu erklären, wieder und wieder, aber sie redet nur von der Natur, dass sie das Land schützen will. Wie kommt sie bitte darauf, sich selbst zur Beschützerin dieses Landes zu erklären? Es gehört uns allen, das ist nicht ihre Privatsache!«

»Kári«, sagte Cerise. »Jetzt sollten wir uns mal wieder beruhigen, Schatz.«

»Aber das ist wichtig«, schnaubte er und stand auf. »Wir haben noch Kekse, darf ich Ihnen was anbieten?«

Dann verschwand er und kam mit einer Mackintosh's-Dose zurück.

»Cerise backt immer fleißig, aber ich bin kein so fleißiger Esser«, erklärte er.

Eine zweite Böe ergriff das Haus, und gleichzeitig hatte der Himmel seine Schleusen geöffnet. Es war nicht mehr zu überhören, dass es draußen jetzt heftig schüttete und stürmte.

»Und wann fährst du wieder zurück?«, fragte Ísak leise, als wollte er nur mit Hulda sprechen. So laut, wie das Radio lief, konnten die anderen tatsächlich kaum etwas verstehen. Álfrún war in die Diele verschwunden.

»Das steht noch nicht fest«, antwortete Hulda. »Aber ich habe nicht vor, lange zu bleiben.«

»Wir sind nicht so schlimm, wie du jetzt vermutlich denkst.«

Hulda lachte. »Ihr seid prima. Auch María ist mir sympathisch.«

»Sympathisch. Ich habe noch nie gehört, dass jemand sie so bezeichnet hätte. Dieser Nachbarschaftsstreit reicht weit zurück, Jahrzehnte. Da kann man nichts machen. Ich will mich aber nicht mit allen anlegen, wenn ich hier übernehme. Na ja, meist wird man mit den Jahren seinen Eltern ja immer ähnlicher.« Er lächelte.

Genau das wollte Hulda um jeden Preis verhindern, so zu werden wie ihre Mutter. Sie tat alles dafür, ihrer Elternrolle besser gerecht zu werden, Dimma vom ersten Tag an in Wärme und Liebe zu hüllen. Und bisher war ihr das auch gelungen. Sie war nur selten von ihrer Seite gewichen, hatte nur wenige Nächte woanders geschlafen als ihre Tochter. Daher würde die kommende Nacht auch für Hulda schwer werden. Vor dem Schlafengehen wollte sie unbedingt noch mit der Kleinen sprechen.

Der Wind wurde noch kräftiger, und mit einem Mal hatte Hulda Sorge, dass das Haus dem Sturm nicht standhielt. Die Fenster klapperten, und die Kälte kroch oder vielmehr zog in die Stube.

»Und du kannst dir vorstellen, das alles hier zu übernehmen, Ísak?«, fragte sie. Es war angenehm, sich mit ihm zu unterhalten, sie fühlte sich wohl an seiner Seite und blieb, auch nachdem Álfrún aufgestanden war, dicht neben ihm sitzen.

»Ja, wenn es so weit ist. Ich muss nur noch eine Frau finden, die mir dabei hilft.« Er schwieg einen Moment. »Ich lebe für diesen Ort, Hulda, ich könnte mir niemals vorstellen, in der Stadt zu leben. Selbst Blönduós ist mir zu groß.«

Auch Hulda konnte sich eine Zukunft vorstellen, in der Reykjavík nicht ihr Zuhause, sondern ein Ausflugsziel war, ein Leben inmitten von Bergen und Bächen, nahe am Hochland, wo jeder Atemzug tiefer war als der vorherige und jederzeit ein Abenteuer in der Luft lag. Dimma hätte sie natürlich bei sich, und die Kleine würde in Freiheit aufwachsen. Vielleicht war Álftanes nicht die einzige Option, und auch Jón nicht.

»Und dieses Kraftwerk? Ist dir das egal?«, fragte sie.

»Dein Vater hat eine klare Meinung dazu.«

Ísak lächelte.

»Mein Vater hat zu allem eine klare Meinung.«

»Das ist keine Antwort auf meine Frage«, sagte Hulda.

»Es bereitet mir keine schlaflosen Nächte wie María, aber ich denke, ohne das Kraftwerk wäre mir wohler. Sie versprechen uns goldene Berge, Arbeit, Geld, beleuchtete Zufahrten und ich weiß nicht was. Aber das ist alles nicht wichtig, das ändert nichts an unserem Leben. Hier und jetzt geht es mir gut. Es muss sich nichts ändern«, sagte er und fragte dann: »Und was denkst du über so ein Leben, Hulda?«

Obwohl sie so dicht beieinandersaßen, schluckte das tosende Unwetter beinahe seine Worte. Das Wetter machte

Ernst; die schlimmste Prognose schien sich zu bewahrheiten.

»Ich denke, das könnte schön werden«, sagte sie, ohne nachzudenken, und formulierte ihre Antwort dann noch etwas um: »Das klingt nach einem schönen Leben.«

Als Hulda aufblickte, sah sie, dass Álfrún zurück war, sich aber einen anderen Platz gesucht hatte. Hatte sie sich neben Hulda und Ísak etwa unwohl gefühlt? Tatsächlich waren da gewisse Schwingungen in der Luft, das spürte sie ganz klar, obwohl sie hoffte, dass die anderen es nicht wahrnahmen. In ihrem Bauch kribbelte es wie schon lange nicht mehr, doch sie versuchte, dem keine große Beachtung zu schenken.

Wenn sie mit Jón an Unwetterabenden zusammensaß, funkte nichts, es sei denn, sie stritten mal wieder über irgendetwas, wie jüngst über das Haus auf Álftanes. Wieso verdammt noch mal begriff er nicht, wie wichtig ihr das war?

Plötzlich stand Kári auf und fragte lauter, als der Wind heulte: »Cognac? Darf ich irgendwem einen anbieten?«

Hulda war zwar in gewisser Weise immer noch im Dienst, aber inzwischen war es Abend, und sie hatte nichts Offizielles mehr zu erledigen. Sie zögerte, wartete ab, und als Ísak ein Gläschen annahm, tat sie es ihm nach. Eigentlich mochte sie keinen Cognac, aber ein Schlückchen Alkohol konnte nicht schaden. Er wärmte von innen, und vielleicht traute sie sich dann, etwas freier zu reden. Sie wollte Ísak noch nicht gehen lassen. Natürlich würde nichts zwischen ihnen passieren, aber ein bisschen träumen durfte man ja wohl, sich vorstellen, was sein könnte ...

Wenig später war der Cognac da und schmeckte einigermaßen erträglich.

Hulda und Ísak unterhielten sich weiter, und aus irgendeinem Grund erwähnte sie weder Jón noch Dimma. Er fragte nicht, und Hulda lenkte das Gespräch nicht in diese Richtung. Stattdessen erzählte Ísak, wie gern er in den Bergen wanderte und dass seine Freunde ihn als Bergziege bezeichneten.

»Mich hat man früher auch so genannt!«, freute sich Hulda. Der Alkohol rauschte durch ihr Blut, das spürte sie.

»Melde dich, wenn du frische Luft brauchst, einen kleinen Spaziergang, Hulda. Ich würde die Chance nutzen. Immer nur auf die Esja steigen muss doch langweilig sein.«

»Was würdest du denn empfehlen?«

»Ganz in der Nähe ist der Tunguhnjúkur, kein hoher Berg, aber schwer zu besteigen. Doch wie ich dich einschätze, kämst du damit zurecht. November ist zwar schon ziemlich spät, aber wenn das Wetter mitspielt, könnten wir es versuchen.«

»Das wäre schön, sehr schön sogar. Man hält hier ja selten, fährt durch diese Gegend meist einfach nur durch ...« Sie verstummte und sagte dann: »Entschuldige, das ist nicht böse gemeint. Obwohl das Blöndudalur wahnsinnig schön ist, habe ich hier noch nie angehalten.«

»Keine Sorge, ich nehme es nicht persönlich. Kaum jemand kommt gezielt hierher, und genau darin liegt der Zauber.«

Sie war ein bisschen verschossen in diesen Mann. Doch auf einmal meldete sich ihr Gewissen. Sie lächelte und sagte: »Ich müsste mal kurz telefonieren. Es geht um die Arbeit ...«

Sie stand auf.

Natürlich wollte sie um diese Zeit kein dienstliches Gespräch mehr führen, sondern Jón und Dimma anrufen. Vielleicht schlief Dimma schon, aber zumindest mit Jón wollte sie sprechen, ihn zurechtweisen, weil er das kranke Kind in die Obhut einer Babysitterin gegeben hatte.

Möglichst unauffällig schlich sie sich in die Diele. Kári und Cerise unterhielten sich angeregt, und Álfrún saß allein auf ihrem Hocker. Vielleicht war sie doch nicht so gesellig, wie Hulda gedacht hatte, oder sie wollte mit dieser Bauernfamilie schlicht nicht mehr als nötig zu tun haben. Nach dem Telefonat würde Hulda ihr vorschlagen, dass sie nach oben gehen und sich ausruhen sollte, dann könnte sie dieser unangenehmen Situation entfliehen. Sie selbst wollte dagegen noch ein wenig mit Ísak plaudern.

Sie setzte sich ans Telefon und nahm den Hörer in die Hand, doch es war kein Freizeichen zu hören, also legte sie wieder auf und versuchte es noch einmal, mit demselben Ergebnis. Sie probierte es noch mehrere Male, doch der verdammte Apparat blieb tot.

Anstatt Kári zu fragen, ging sie zu Álfrún.

»Du hast doch vorhin telefoniert, oder?«, fragte sie.
»Ich habe es versucht«, antwortete sie mit hängendem Kopf.
»Und?«
»Hat nicht geklappt. Die Verbindung scheint unterbrochen zu sein.«
Dieses verflixte Unwetter.
Hulda ging zu Kári und Cerise.
»Das Telefon funktioniert nicht«, sagte sie freundlich. »Ich kann nicht telefonieren.«
»Ja, das passiert manchmal bei diesem Wetter. Das kennen wir schon. In Reykjavík habt ihr solche Probleme nicht, oder?«
Tatsächlich hatte sie dort noch nie erlebt, dass die Telefonverbindung gestört war.
»Wir lassen uns von so etwas nicht unterkriegen«, sagte Cerise. »War es denn dringend?«
Lebensnotwendig war es natürlich nicht, aber Hulda hätte gern gehört, ob alles in Ordnung war, und der Kleinen vielleicht noch eine gute Nacht gewünscht. Sie musste sich entspannen. Dimma war bei Jón – oder der Babysitterin – in guten Händen. Und sie selbst konnte ruhig noch ein Schlückchen trinken und alle Sorgen hinter sich lassen.
»Nein, so eilig ist es nicht«, sagte sie. »Ist es denn schon lange so?«
»Tja, ich weiß es nicht«, sagte Kári. »Ich musste heute Abend nicht telefonieren, und es hat auch niemand angerufen.«

Jetzt wurde Hulda einiges klar. Jón hatte nicht zurückgerufen, weil es nicht ging. Vielleicht saß er besorgt zu Hause, weil er Hulda nicht erreichte. So musste es sein. Denn natürlich hatte er sofort auf ihre Bitte reagiert, auch wenn er ihr wegen gestern noch grollte.

Hulda setzte sich wieder zu Ísak, und diesmal achtete sie auf einen angemessenen Abstand zwischen ihnen.

»Keine Verbindung?«, fragte er. »So ist das auf dem Land. Immer noch sicher, dass das was für dich wäre?«

Hatte sie das jemals behauptet? Hatte Ísak sie falsch verstanden, oder wollte er sie einfach nur ein wenig herausfordern, indem er andeutete, dass sie in den Norden ziehen könnte? Vielleicht sogar zu ihm, in sein Haus?

»Weißt du, was als Nächstes passiert, Hulda?«, fragte er.

Sie schüttelte den Kopf.

Er beugte sich zu ihr, und für einen Moment dachte sie, er wollte sie küssen, vielleicht nur ganz zart auf die Wange, doch er flüsterte: »Als Nächstes fällt der Strom aus.«

Und noch bevor seine Worte richtig zu ihr durchgedrungen waren, fiel in dem alten Bauernhaus der Strom aus, und sie saßen im Dunkeln.

X

»Verflixt!« Das waren die ersten Worte, die Hulda in der Dunkelheit hörte. Das Haus bebte und ächzte im Wind. Hulda hatte ein mulmiges Gefühl. Sie saßen hier fest, ohne Strom, ohne Telefon. Und in den Sturm rausfahren würde sie ganz bestimmt nicht.

»Ich hole Kerzen, Schatz«, sagte Cerise, und Hulda hörte, wie jemand aufstand und sich im Dunkeln vorantastete. Es war stockfinster. Auch in der Hauptstadt fiel ab und zu der Strom aus, aber dort hatte sie es nie als so schlimm empfunden. Hier sah man tatsächlich die Hand vor Augen nicht.

»Kleinen Moment«, hörte sie Cerise sagen, deren Stimme jetzt von woanders kam. »Ich hab's gleich. Ich bewahre die Kerzen immer am selben Ort auf – und auch alle Streichhölzer, seit Kári nicht mehr raucht.«

»Ganz aufgehört habe ich nicht«, protestierte der. Dann herrschte Stille, und erst jetzt fiel Hulda auf, dass mit dem Stromausfall natürlich auch das Radio verstummt war.

Alle schwiegen, die Stimmung war gedrückt.

Álfrún war den ganzen Abend über still gewesen, und auch Hulda sah sich nicht in der Lage, die Situation aufzulockern. Wenn doch wenigstens Ísak etwas sagen würde ...

Der beugte sich zu ihr herüber.

»Hulda?«, flüsterte er.

Sie antwortete nicht, aber natürlich hatte sie ihn gehört.

»Magst du später bei mir vorbeischauen, falls dir langweilig wird? Du kannst laufen oder fahren, es ist nur ein Katzensprung.«

Hulda erschrak, obwohl sie mit genau so etwas hätte rechnen müssen. Dieses Spiel zwischen ihnen beiden, dieser kleine Flirt – jetzt wurde es also ernst. Vielleicht hatte er Dinge vor, die kein Tageslicht vertrugen? Hatte er es ihr deshalb im Dunkeln zugeraunt?

Sie wusste nicht, was sie antworten, ob sie überhaupt darauf eingehen sollte. Vielleicht rechnete er gar nicht mit einer Antwort, wartete einfach ab, ob Hulda darauf einging oder nicht. Konnte sie sich mitten in der Nacht aus dem Haus schleichen und sich in diesem Unwetter zu ihm durchschlagen? Sie wusste noch nicht einmal, wo genau er wohnte.

Doch ehe sie sich entschieden hatte, wie sie auf seine Einladung reagieren sollte, wurde es hell im Raum. Cerise hatte eine Kerze angezündet und dann eine zweite. Der Kerzenschein tauchte den Raum in ein gemütliches Licht.

»So ist es doch eigentlich noch besser als vorher«, sagte Ísak. »Kuschlig, fast weihnachtlich.«

»Wenn jetzt auch noch das Radio funktionieren würde ...«, meldete sich sein Vater zu Wort.

»Das Programm war ohnehin langweilig, Papa, das musst du zugeben. Die könnten das Abendprogramm wirklich mal etwas moderner gestalten, mit lockerer Musik oder einem guten Hörspiel.«

»Ein Krimi vielleicht«, sagte Cerise. »Das wäre mal eine Abwechslung.«

»Wird es lange dauern?«, fragte Hulda.

»Das Unwetter?« Kári sah sie an.

»Ich meinte den Stromausfall.«

»Das weiß man nie. Der Strom kann den Abend über ausbleiben, vielleicht auch die ganze Nacht. Hoffen wir, dass wir morgen früh wieder am Netz sind.«

»Manchmal dauert es auch mehrere Tage, Papa«, wandte Ísak ein.

»Ja, ja, aber jagen wir dem Mädchen mal keine Angst ein. Meist bringen sie das ja schnell wieder in Ordnung.«

Hier verlief das Leben gemächlicher als in Reykjavík, gab die Natur den Takt vor. Vielleicht betraf der Stromausfall nur ein paar versprengte Höfe, während in Blönduós und anderen dichter besiedelten Gegenden alles in Ordnung war. Dann konnte es dauern, bis man sich darum kümmerte. Der Alkohol dämpfte ihre Sorgen, wenn auch nur vorübergehend.

Das Unwetter, das kleine Dachzimmer und die Isolation, nicht zuletzt das Getrenntsein von Dimma: Das alles belastete Hulda. Und dann noch der Stromausfall und die unterbrochene Telefonverbindung. Sie konnte sich nicht vorstellen, allein in der Dachkammer zu schlafen und zu frieren. Vielleicht sollte sie Ísaks Angebot einfach annehmen und bei ihm übernachten. Gegen ein bisschen Gesellschaft, Trost und Wärme war ja wohl nichts einzuwenden.

XI

Hulda beteiligte sich nicht mehr groß am Gespräch, dafür war Álfrún nun in ihrem Element. Sie stellte fleißig Fragen und erzählte. Interessierte sie sich auf einmal doch für die Gastgeber und ihren Sohn? Oder versuchte sie als Ermittlerin, eine Verbindung zu den Menschen hier aufzubauen, um sie besser kennenzulernen? Hulda musste zugeben, dass sie Álfrún nicht durchschaute, vermutlich fiel es ihr deshalb so schwer, sie sympathisch zu finden.

Hulda war müde, aber sie wollte nicht als Erste gehen, und vor allem nicht, solange Ísak noch hier war. Sie war immer noch unschlüssig, ob sie seine Einladung annehmen sollte. Jón würde sie jedenfalls nichts davon erzählen, auch wenn das alles vielleicht ganz harmlos war.

Merkwürdigerweise wusste sie nicht, ob Jón eifersüchtig war. Es hatte nie einen Anlass dazu gegeben, und er war generell kein temperamentvoller Mensch – im Gegenteil: Manchmal bedauerte Hulda, dass er so phlegmatisch war.

Ísak war mitten in einer spannenden Erzählung, als es an die Tür klopfte.

Schlagartig verstummten alle. Gerade hatte Cerise noch

von einem Kriminalhörspiel gesprochen, und jetzt fühlte Hulda sich, als wäre sie selbst in ein solches hineingeraten. Sie liebte solche Geschichten. Mit dreizehn oder vierzehn hatte sie mit ihrer Mutter vor dem Radio gesessen und andächtig einem Hörspiel gelauscht, das *Verborgene Augen* hieß. Sie hatte Gänsehaut gehabt, von der ersten bis zur letzten Sekunde. Dieses Hörspiel hatte die ganze Nation in Angst vereint und Hulda kostbare gemeinsame Zeit mit ihrer Mutter geschenkt.

Zwischen Hulda und ihrer Mutter hatte immer eine bedrückende Distanz geherrscht. Umso wertvoller waren daher solch schöne Erinnerungen wie die an das Hörspiel, die Hulda erahnen ließen, dass sie sich unter anderen Umständen hätten näher sein können, ein besseres Mutter-Tochter-Gespann, vielleicht sogar Freundinnen. Als Jugendliche hatte Hulda manchmal neidisch ihre Freundinnen mit deren Müttern beobachtet und sich gewünscht, dass es bei ihr ähnlich wäre.

Hätten und wäre …

Jetzt zog Hulda ihr eigenes Kind groß, und sie würde Dimma nicht enttäuschen.

Wieder klopfte es. Niemand rührte sich, und nicht nur Hulda wirkte erschrocken. Vielleicht hatten sie alle gedacht, der Sturm hätte an der Tür gerüttelt, doch nach dem zweiten Klopfen bestand kein Zweifel mehr, dass jemand vor der Tür stand.

Im nächsten Moment wurde die Tür geöffnet, und eine Frauenstimme rief: »Hallo? Alle zu Hause?« Natürlich schlossen Kári und Cerise ihre Tür nicht ab, dachte Hulda, auf dem Land vertrauten die Menschen einander noch.

Kári stand auf.

Kurz darauf erschienen ein Mann und eine Frau mittleren Alters. Sie waren völlig durchnässt und kamen in ihren dreckigen Schuhen ins Wohnzimmer. Vielleicht war auch das hier üblich.

»Kommt rein«, sagte Kári, obwohl die beiden schon längst im Wohnzimmer standen. »Was hat euch denn bei dem Wetter nach draußen getrieben?«

Die Frau antwortete: »Wir haben keine Kerzen, unglaublich, aber wahr. Im Winter sollte man auf alles gefasst sein, aber manchmal bin ich einfach zu schusselig.«

»Vala hat vorgeschlagen, dass wir uns bei euch Kerzen ausborgen. Wie wir Cerise kennen, hat sie vorgesorgt. Habt ihr noch ein paar für uns übrig?«

Vala. Dann mussten das Vala und Óskar sein, die Nachbarn.

Damit hatte Hulda fast alle Personen kennengelernt, die an der Zusammenkunft in der Anglerhütte teilgenommen hatten – und das bereits am ersten Tag. Nur der alte Eilífur und der jüngere Sohn von Kári und Cerise fehlten noch.

Erst jetzt bemerkte Vala die fremden Gesichter, erst Hulda und dann Álfrún.

Als das Schweigen drückend wurde, ergriff Ísak das Wort.

»Wie vorhin schon erwähnt, haben wir Gäste. Das ist Hulda«, sagte er und legte einen Arm um sie. »Und Álfrún sitzt da drüben.«

Óskar trat auf Hulda zu und stellte sich vor.

»Verrückt. Da kommt die Polizei – und alles gerät aus den Fugen, Unwetter und Stromausfall.« Er klang fröhlich. Óskar hatte einen langen Bart, schiefe Zähne und ein charmantes Lächeln.

»Und das Telefon funktioniert auch nicht«, ergänzte Hulda.

»Auch das noch. Ist mir noch gar nicht aufgefallen. Aber das werden wir auch überleben.« Dann drehte er sich zu seiner Frau um. »Das ist übrigens meine Frau Vala.«

Vala lugte über seine Schulter. Die beiden sahen sich ähnlich, wie manche Eheleute, und Valas Lächeln war genauso herzlich wie das ihres Mannes. Sie strahlte dieselbe Ruhe aus wie das Dämmerlicht um sie herum.

Waren sie wirklich wegen der Kerzen gekommen, oder waren sie einfach nur neugierig?

Offenbar hatte Ísak ihnen von den Polizistinnen aus Reykjavík erzählt, und in einer kleinen Gemeinschaft wie dieser war Besuch von der Polizei etwas Besonderes.

»Guten Abend, Vala«, sagte Hulda und streckte die Hand aus.

»Hallo. Man begegnet hier nicht oft der Polizei. Weshalb sind Sie hier?«

»Nur ein kurzer Stopp«, sagte Hulda ausweichend. Oder war dies vielleicht die Gelegenheit, die Leute ein wenig aufzurütteln?

»Das ist ja wie in alten Zeiten, am Abend scharen sich alle ums Feuer«, schmunzelte Cerise.

»Fehlen nur noch María und …«

Kári schnitt Hulda das Wort ab.

»María ist hier nicht willkommen, und auch sie hat kein Interesse am Umgang mit mir. Das beruht auf Gegenseitigkeit.«

»María und Eilífur, oder? So heißt er doch?«

»Sie sind ja gut vorbereitet«, meldete sich Óskar zu Wort. Er und seine Frau standen immer noch vor Hulda; Álfrún hatten sie noch nicht begrüßt. Vielleicht spürten sie, dass Hulda die Chefin war. Das wünschte sie sich zumindest.

»Der gute alte Eilífur sitzt zu Hause und trinkt Bier«, sagte Ísak.

»Bitte? Er trinkt Bier?« Hulda wusste nicht, ob er das ernst meinte. Bier war im ganzen Land verboten.

»Ja, er hat da seine Kontakte.« Ísak lachte. »Er hat einen Piloten in der Familie, der ihm immer einen Kasten mitbringt, manchmal auch mehrere. Eilífur trinkt für sein Leben gern, aber bezahlen tut er nichts dafür. Wahrscheinlich ist der letzte Kasten schon wieder leer. Dann steigt er auf Cola mit Brennivín um, sein zweitliebstes Getränk.«

»Klingt nach einem verschrobenen Typen«, sagte Hulda.

»Das sind wir doch alle«, entgegnete Vala.

»Sie leben also auf dem Nachbarhof?«

»Ja, genau«, antwortete Vala. »Seit Kurzem nur noch zu zweit. Unsere Tochter ist ausgeflogen, ganz frisch. Sie geht jetzt in Reykjavík aufs Gymnasium und kriegt nur die besten Noten. Unglaublich. Sie ist viel besser in der Schule als wir früher. Ich platze vor Stolz, kann ich Ihnen sagen.«

Hulda lächelte. So würde es ihr mit Dimma auch gehen.

Das Ehepaar drehte sich um und begrüßte nun auch Álfrún.

Ísak nutzte die Gelegenheit und raunte Hulda zu: »Willkommen auf dem Land. Vala spricht über nichts anderes als ihre Tochter, als wäre sie das erste Kind, das gute Noten nach Hause bringt. Sie ist ganz sicher nicht die beste Schülerin auf der Insel, aber Vala ist definitiv die stolzeste Mutter im ganzen Land.«

»Psst, was ist schon dabei? Lass sie doch ruhig von ihrer Tochter schwärmen«, sagte Hulda.

»Du kannst zu Fuß kommen«, flüsterte Ísak.

»Bitte?«

»Zu mir. Du musst nicht fahren, wo du doch was getrunken hast. Schleich dich durch die Hintertür, von dort aus führt ein kleiner Pfad direkt zu meinem Haus. Es sind nur ein paar Minuten.«

Hulda sagte nichts.

Sie sah zu den anderen hinüber.

Álfrún unterhielt sich mit Vala und Óskar. Worüber sie sprachen, konnte Hulda nicht verstehen. Kári saß in seinem Sessel, und Cerise war verschwunden, holte sicher Kerzen für die Nachbarn.

Und tatsächlich: Kurz darauf kam Cerise mit vier oder fünf dicken Kerzen zurück.

»Reicht das?«, fragte sie und fügte dann hinzu: »Bleibt doch ruhig noch, setzt euch, ihr Lieben.«

Freunde halten zusammen, dachte Hulda, während die Gäste sich niederließen. Draußen toste das Unwetter, und Huldas Gedanken kreisten um die Frage, ob sie tatsächlich durch Regen und Sturm laufen und Ísak besuchen sollte. Eine verrückte Idee, doch in diesem Moment kam sie ihr wie das einzig Richtige vor. Sie würde es bereuen, wenn sie nicht ging.

Sie holte tief Luft und fragte dann in die Runde: »Hat jemand einen Schlüssel zur Anglerhütte?«

Alle verstummten, bis Kári fragte: »Wieso?«

»Ich möchte mir die Hütte morgen ansehen. Kann mir jemand einen Schlüssel geben?«

»Wir sagen ›Anglerhaus‹. Es ist keine Hütte«, brummte Kári unwirsch. »Und tatsächlich gibt es nur einen Schlüssel. Wir hatten zwei, aber einer ist verloren gegangen. Jetzt hat nur noch María einen Schlüssel, weil sie sich um das Haus kümmert. Unter uns gesagt, zahlen wir ihr nur ein Almosen dafür, aber so ist es halt.«

»Das Anglerhaus, ja«, sagte Hulda leicht amüsiert über Káris Reaktion. Aber es war interessant, dass nur María einen Schlüssel besaß – wenn Kári denn die Wahrheit sagte. Alles deutete darauf hin, dass der Teddy tatsächlich bei der besagten Zusammenkunft in der Anglerhütte – dem Anglerhaus – verloren gegangen war. Sie wusste, wer sich dort aufgehalten hatte, und inzwischen kannte sie sogar die meisten von ihnen persönlich.

Sie sah sich um.

Saß in diesem Raum – ohne Strom, im tosenden Unwetter – etwa die Person, die vor zwanzig Jahren ein kleines Kind geraubt hatte?

XII

Hulda lag still in ihrem Bett und lauschte dem Wetter. Vala, Óskar und Ísak waren nach Hause gegangen, die Gastgeber und Álfrún hatten sich schlafen gelegt. Ísaks Einladung stand im Raum und sorgte dafür, dass Hulda keine Ruhe fand; ans Einschlafen war nicht zu denken. Immer wieder wanderten ihre Gedanken zu Ísak, und sie überlegte, ob sie sich tatsächlich ins Unwetter hinauswagen und ihn besuchen sollte. Im Grunde war so ein Besuch natürlich unangemessen, aber es steckte ja keine böse Absicht dahinter. Sie war einsam, sie fror und fühlte sich in der kleinen Dachkammer eingesperrt. Es war ihr größter Albtraum, irgendwo eingesperrt zu sein, sich nicht bewegen zu können, während der Sauerstoff immer weniger wurde. Dieses Unwetter nahm ihr die Luft zum Atmen. Vielleicht half es, wenn sie rausging und den Sturm spürte, sich ablenkte, indem sie weiter mit Ísak plauderte. Sie kannte den Weg, und das Wetter war nicht lebensbedrohlich, sie hatte schon Schlimmeres erlebt und war außerdem gut in Form.

Sturm und Regen machten Hulda keine Angst, wohl aber die Einsamkeit und die Vorstellung, dass die Wände mitten in der Nacht auf sie einstürzten.

Sie war noch komplett angezogen, ihre Jacke lag im Zimmer. Wenn sie ehrlich war, hatte sie doch schon längst eine Entscheidung getroffen. Also stand sie auf und zog die Jacke über. Kurz hielt sie inne und holte tief Luft. Das Haus ächzte, aber drinnen war es bei Sturm oft lauter als draußen.

Das würde schon klappen.

Sie fühlte sich fast wie in einem Traum, als wären die Menschen, denen sie heute begegnet war, in Wirklichkeit gar keine Menschen, sondern Geister. Zu dieser Stimmung trug sicher auch der Stromausfall bei. In weiter Ferne sah sie Dimma in ihrem Bett schlafen, friedlich und schön. Und Jón ... der war ihr im Moment egal. Sie versuchte, nicht an ihn zu denken, ihn nicht vor sich zu sehen. Es ging allein darum, diese Nacht zu überstehen.

Sie schlich sich aus dem Zimmer, fühlte sich in der absoluten Dunkelheit von unzähligen Augen beobachtet. Alle Kerzen waren gelöscht, das Haus ein Geisterhaus, in dem womöglich ein Kindesentführer schlief. Doch weder die Menschen noch die Dunkelheit machten ihr Angst, denn sie konnte atmen und war nicht gefangen. Im Gegenteil, sie fühlte sich frei, war auf dem Weg zu einem nächtlichen Besuch bei einem fremden Mann. Hoffentlich schlief er noch nicht ...

Vorsichtig stieg sie die Treppe hinunter, verließ durch die Hintertür das Haus und trat hinaus in Regen und Sturm, in das gnadenlose isländische Winterwetter. Zum Glück schneite es wenigstens nicht, und auch der Wind schien etwas abgeflaut zu sein, ganz so wild wie am Abend fegte er nicht mehr über die Landschaft. Ihre Augen gewöhnten sich langsam an die Dunkelheit, und sie fand den Pfad, den Ísak ihr beschrieben hatte, folgte ihm durch die stockfinstere Nacht.

Plötzlich tauchte wie aus dem Nichts ein Gebäude auf. Im ersten Moment glaubte sie, dass es nur Einbildung war, aber als sie näher kam, erkannte sie eindeutig ein Haus.

Sie wusste nicht genau, wie spät es war, hatte ihre Armbanduhr auf dem Nachttisch liegen lassen, da sie die Uhrzeit im Dunkeln sowieso nicht ablesen konnte, aber es war sicher schon nach Mitternacht.

Sie klopfte an die Haustür, nicht zu energisch, obwohl der Sturm sowieso alles übertönte. Nach kurzem Warten erschien Ísaks Gesicht im Türspalt. Im Haus war es genauso dunkel wie draußen.

»Na endlich«, begrüßte er sie freundlich. »Komm rein.« Und sie fühlte sich fast, als käme sie nach Hause, so verrückt das auch sein mochte.

»Ich habe mir das Kerzenlicht aufgespart«, erklärte er, führte sie ins Wohnzimmer und zündete mehrere Kerzen an. Es sah ordentlich aus, vielleicht hatte er die Zeit zum Aufräumen genutzt. Sie fühlte sich gleich wohl in dieser gemütlichen, stimmungsvollen Umgebung und überlegte unwillkürlich, wie es wäre, hier zu leben. Was, wenn sie alles über den Haufen warf und mit Dimma aufs Land zog? Vielleicht war ihr Wunsch nach dem Haus auf Álftanes, raus aus der Innenstadt, näher an die Natur, nur ein Ausdruck ihrer Sehnsucht nach einem stressfreien Leben, einer engeren Verbindung zur Natur und etwas anderem als ihrer Beziehung mit Jón? Nicht zum ersten Mal überlegte sie, ob sie sich nur aus Trotz bei der Polizei durchbiss und diese Arbeit in Wirklichkeit gar nicht ihr Traumberuf war. Vielleicht ging es für sie letztendlich nur darum, sich zu beweisen, Mauern einzureißen, Anerkennung zu ernten. Konnte sie das nicht auch woanders, mit einer anderen Tätigkeit, an einem anderen Ort?

»Möchtest du irgendetwas?«, fragte Ísak und rettete sie aus dem Abgrund, in den sie sich so leicht hineinziehen ließ. Sie grübelte einfach zu viel.

»Nein danke, ich brauche nichts, nur jemanden zum Reden«, sagte sie, war ehrlicher, als sie es vorgehabt hatte. Sie setzte sich aufs Sofa, er auf einen Sessel.

»Das klingt gut, Hulda. Ist dir warm genug?«

»Danke, es ist wunderbar so«, sagte sie, obwohl es sie nach dem Marsch durch den kalten Regen noch fröstelte. Vielleicht war es aber auch Nervosität, Schüchternheit.

»Du interessierst dich also für das Anglerhaus?«, fragte er.

Sie lächelte.

»Darüber kann ich nicht sprechen.«

»Wir könnten zusammen hinlaufen, wenn du magst.«
»Aber wir kommen nicht rein, wie ich gehört habe ...«
»Nein, das nicht, ich habe keinen Schlüssel. Entscheide du.«

Sie zuckte mit den Schultern.

»Wieso arbeitest du für die Polizei, wenn ich fragen darf?«

Es war, als hätte er ihre Gedanken gelesen, und statt ihrer üblichen Antwort sagte sie: »Ich bin mir nicht sicher.«

»Ich bin mir auch nicht sicher, ob ich schon immer Bauer werden wollte. Es ist einfach so gekommen, und ich fühle mich wohl damit.« Nach einer kurzen Pause fragte er: »Und du?«

»Was meinst du?«

»Fühlst du dich wohl damit?«

Mit dieser Frage hatte sie nicht gerechnet, und sie wusste nicht, was sie antworten sollte. War sie glücklich? Im Grunde fehlte ihr nichts, sie hatte ihre Familie, eine anspruchsvolle Arbeit, aber dennoch kam sie sich manchmal vor, als stünde sie an einer Klippe, ganz allein, und drohe hinabzustürzen. Aber gerade jetzt ging es ihr gut, daher antwortete sie wahrheitsgemäß:

»Ja, gerade schon.«

Ísak lächelte.

Darauf schwiegen sie, und Hulda fühlte sich wohl in der Stille. Nach einer Weile fragte sie: »Willst du hier dauerhaft wohnen bleiben, Ísak?«

Die Frage überraschte sie selbst, sie klang so formell, fast wie bei einer Vernehmung. Das war die Rolle, die sie kannte, und das darauffolgende Schweigen war ihr vertraut, sie musste oft auf Antworten warten und ließ sich davon nicht aus der Ruhe bringen. Für einen Moment unterdrückte sie alle Gefühle, brauchte Zeit zum Atemholen.

Ísak hätte sich für seine Antwort alle Zeit der Welt nehmen können, denn Hulda genoss es, ihn im matten Kerzenschein zu betrachten, sie spürte, dass etwas an ihm sie anzog, ohne dass sie es genauer definieren konnte.

Sie musste vorsichtig sein.

»Ich bleibe so lange, wie es mir gefällt, wenn das deine Frage beantwortet. Bis mich etwas ruft. Ich könnte mir sogar vorstellen, eine Zeit lang im Ausland zu leben.«

»Bist du durch die Landwirtschaft denn nicht gebunden?«

»Meine Eltern sind noch ziemlich fit. Ich könnte mich durchaus für eine Weile verdrücken, wenn mir danach ist. Selbst wenn mein Bruder niemals für mich einspringen würde. Der hat sich nie für die Landwirtschaft interessiert.«

»Hoffentlich lerne ich ihn auch bald kennen«, sagte Hulda, in Gedanken schon wieder bei den Ermittlungen.

»Er ist nicht weit weg, wohnt in Blönduós. Hat dieser Besuch hier mit ihm zu tun? Hat er was angestellt?«

»Nein, wieso denkst du das?«, fragte sie zurück.

»Ich weiß, dass ich keiner Fliege etwas zuleide getan habe«, antwortete Ísak.

»Wäre es denn deinem Bruder zuzutrauen?«

Ísak zögerte.

»Kann es sein, dass du mir gegenüber nicht alles preisgeben willst, was du weißt, Hulda? Das ist in Ordnung. Ich habe dich nicht eingeladen, um etwas über deine Ermittlungen herauszufinden.«

»Entschuldige, ich wollte gar nicht so viele Fragen stellen. Ich habe so etwas einfach noch nie gemacht.«

»Was hast du noch nie gemacht?«

»Solch einen nächtlichen Besuch.«

»Es ist nur zufällig Nacht, Hulda. Und es ist nichts passiert, alles in Ordnung.«

»Ja, und trotzdem habe ich mich wie ein kleines Mädchen aus dem Haus geschlichen. Ich weiß auch nicht, was ich mir dabei gedacht habe.«

Ísak saß ihr gegenüber, in angemessener Entfernung.

Und auf einmal war Jón so weit weg, sie wusste noch nicht einmal mehr, wie er aussah, erinnerte sich nur noch an ihre Streitereien und dachte nicht zum ersten Mal, dass er sie vielleicht noch nie wirklich verstanden hatte. Dass sie so verschieden waren, hatte sie immer als Stärke betrachtet, doch in diesem Moment sah sie ganz klar, dass sie nicht ihr Leben lang zusammenbleiben würden. Dimma würde immer bei ihr sein, aber sie spürte, dass die Beziehung mit Jón über kurz oder lang einschlafen würde, und vielleicht war dieser Abend ein erster Schritt dorthin.

Ísak sagte nichts, und Hulda hatte keine Ahnung, was nun passieren würde.

Wieder flüchtete sie sich auf bekanntes Terrain.

»Ich muss einfach mit den Personen reden, die neulich im Anglerhaus waren, mehr nicht. Deshalb sind Álfrún und ich hier.«

»Was ist denn im Anglerhaus passiert?«

»An sich nichts Besonderes. Es sind lediglich einige Fragen aufgekommen, und wir wurden hergeschickt, um dem nachzugehen. Nichts Dringliches, weißt du, ein alter Fall.«

»Ich wüsste nicht, dass hier jemals etwas passiert wäre, aber ich vertraue darauf, dass ihr wisst, was ihr tut.«

»Deshalb habe ich nach deinem Bruder gefragt. Er soll auch dabei gewesen sein. Aber er steht nicht unter Verdacht oder dergleichen.«

Ísak wirkte erleichtert, zumindest kam es Hulda so vor. Vielleicht verbarg sich die Wahrheit irgendwo im Dunkeln, im flackernden Kerzenlicht war sein Gesichtsausdruck schwer zu lesen.

»Er war mit euch im Anglerhaus, oder?«, fragte Hulda, die versuchte, sein Schweigen zu deuten.

»Ähm, ja, doch. Er kam dazu. Er und der Alte sind fast in Streit geraten.«

»Der Alte?«

»Eilífur. Ein wirklich sonderbarer Kauz.«

»Worum ging es?«

Ísak lachte. »Eigentlich eine lächerliche Sache.«

Hulda wartete.

»Eilífur hat in den Raum gerufen, dass Kinder in dieser Runde nichts verloren hätten. Er hatte schon einiges getrunken, wie immer. Hatte schon vor unserem Treffen angefangen, und dort gab es noch mehr Alkohol. Bei solchen Zusammenkünften geht es immer nur ums Saufen. Ich habe schon darüber nachgedacht, dem Alkohol ganz abzuschwören.«

»Hat er deinen Bruder damit gemeint?«

»Jedenfalls hat sich Orri irgendwie angesprochen gefühlt und sich ziemlich aufgeregt. Er ist schon zwanzig, also längst kein Kind mehr, aber seit die Tochter von Vala und Óskar nach Reykjavík gegangen ist, ist er der Jüngste in der Runde. Orri kann manchmal ganz schön aufbrausend sein. Er ist nicht so ausgeglichen wie ich, wenn ich das so sagen darf.«

»Aber es ist nichts weiter passiert?«

»Nein, natürlich nicht. Eilífur meinte etwas ganz anderes, es ging gar nicht um Orri.« Er lächelte, und wieder schmolz Hulda fast dahin. »Er hatte bloß irgendwo einen Teddy rumliegen sehen und sich darüber lustig gemacht. Er ist zwar schon steinalt, aber sein Humor ist nicht besonders ausgereift.«

XIII

»Einen Teddy?«, fragte Hulda. Ihr Herz schlug schneller, und sie vergaß Raum und Zeit. Das Einzige, was in diesem Moment zählte, waren die Ermittlungen. Sie wollte diesen Fall lösen. Alle Gedanken daran, das Leben als Polizistin aufzugeben, waren verflogen.

Nur ihr Interesse an Ísak blieb, fast unangenehm intensiv.

»Ja, merkwürdig, oder?«, sagte Ísak, dem offenbar nicht klar war, welche Bedeutung dieser Teddy hatte.

Hulda musste unbedingt mit Eilífur sprechen, gleich morgen früh. Denn sie konnte schlecht mitten in der Nacht bei einem alten Mann an die Tür klopfen, noch dazu bei diesem Wetter, selbst wenn es wichtig war, selbst wenn es um ein verschwundenes Kind ging.

»Sehr merkwürdig«, bestätigte sie. Dann fragte sie möglichst beiläufig: »Wem gehörte dieser Teddy denn?«

Sie beobachtete seine Reaktion, so gut es im Schummerlicht ging, und wieder hatte sie den Eindruck, dass Ísak nichts verbarg.

Er zuckte mit den Achseln.

»Keine Ahnung. Niemand hat sich weiter für den Teddy interessiert. Kurz darauf kam irgendwer auf das Kraftwerk zu sprechen, und damit war der Abend gelaufen.«

»Das Kraftwerk, verstehe«, sagte Hulda. »Wer hat das angesprochen?«

»Weiß nicht mehr. Ich glaube, wir haben alle eine klare Meinung dazu, abgesehen von meinem kleinen Bruder. Dem ist es völlig egal, wenn alles überflutet wird.«

»Wie bin ich nur in diese Diskussionen über Kraftwerke und Naturschutz hineingezogen worden, wo ich doch hergekommen bin, um ein altes Rätsel zu lösen?«, seufzte sie. Es rutschte ihr einfach so heraus.

»Dann seid ihr also nicht deswegen hier?«

Hulda schüttelte den Kopf.

»Obwohl es da bei euch ja heiß herzugehen scheint.«

»Darf ich mich zu dir setzen, Hulda?«, fragte Ísak, und seine Worte verschwammen mit dem Geräusch des Regens, der an Hauswände und Fenster prasselte.

Sie wusste nicht, was sie antworten sollte. Natürlich hatte sie damit gerechnet, dass sie einander näherkommen, etwas wagen würden, aber jetzt war sie nicht sicher, ob sie bereit für den nächsten Schritt war.

Auf einmal sah sie Jón vor sich, kein Stromausfall konnte sein Gesicht noch in Schatten hüllen, und gleichzeitig sah sie den Streit, die Entfremdung und die Verständnislosigkeit. Ísak war nicht die Lösung für diese Probleme, aber auch Jón war es nicht.

»Ja, setz dich«, sagte sie schnell, bevor sie es sich anders überlegte. Sie war einsam, das ließ sich nicht leugnen. Er setzte sich neben sie, und dann schwiegen beide, wie verlegene Jugendliche. Kurz dachte sie daran, aufzustehen und sich einfach zu verabschieden.

Auf einmal beugte er sich zu ihr und fragte, ob er sie küssen dürfe.

Erschrocken stand sie auf.

»Entschuldige«, sagte Ísak.

»Ist schon in Ordnung, aber ich ... ich ...«

Was sollte sie sagen? Dass Ehemann und Tochter in Reykjavík warteten? Das hatte sie ihm gegenüber noch nicht erwähnt. Oder sollte sie behaupten, sie habe all die Zeichen den Abend über anders gedeutet, was natürlich nicht stimmte?

»Schon gut, Hulda«, sagte er. »Du musst nichts erklären.«

»Wollen wir ... wollen wir vielleicht ein bisschen im Regen spazieren gehen?«, schlug sie vor, weil ihr nichts anderes einfiel. Dann fügte sie hinzu: »Vielleicht zum Anglerhaus? Ich würde es mir gern ansehen.«

Sie atmete hektisch und fühlte sich nicht gut, die frische Luft würde sicher helfen.

»Klar. Gute Idee, das machen wir«, sagte Ísak und stand auf.

Hulda zog Jacke und Schuhe an und wartete, bis auch Ísak sich für das Wetter gerüstet hatte.

»Na dann«, sagte er und zog den Reißverschluss seiner hellgrünen Jacke zu.

Hulda dachte im Stillen: *Wenn wir zusammen wären, würde ich ihm zu Weihnachten eine neue Jacke schenken.*

Als er die Tür öffnete, schlug ihnen der Wind entgegen, doch Hulda ließ sich nicht entmutigen. Sie holte tief Luft und merkte gleich, wie gut ihr das tat.

»Wir nehmen denselben Weg, den du gekommen bist«, sagte Ísak, und sie liefen los, Seite an Seite, aber mit ein bisschen Abstand zueinander.

Das Wetter spielte immer noch verrückt, es schüttete, und der Wind war eisig. Hulda fühlte sich, als irrten sie irgendwo im Hochland herum, kein anderer Mensch weit und breit. Auf einmal tauchte das Wohnhaus von Kári und Cerise aus der Dunkelheit auf, genauso unvermittelt wie vorhin das Haus von Ísak.

Ísak blieb stehen, drehte sich zu Hulda um und sagte etwas, doch Hulda verstand ihn nicht.

Sie trat näher an ihn heran, nahm seinen Duft wahr, wollte ihn umarmen, aber tat es natürlich nicht.

»Gehen wir weiter, Hulda?«, fragte er. Er benutzte fleißig ihren Namen, was ihr gefiel. Es wirkte nicht aufgesetzt, sondern einfach nur zugewandt.

Sie nickte, obwohl sich die Müdigkeit bemerkbar machte.

Am liebsten wäre sie umgekehrt und zurück zu Ísaks Haus gelaufen, aber dafür war es zu spät. Zumindest für dieses Mal. Mindestens einen Tag würde sie ja noch bleiben, vielleicht ergab sich noch einmal die Gelegenheit. Am vernünftigsten wäre es natürlich gewesen, schlafen zu gehen, aber sie wollte zu ihrem Vorschlag stehen und sich das Anglerhaus ansehen. Dass das bei diesem Wetter verrückt war und sie vermutlich auch nicht weiterbringen würde, war mit Sicherheit auch Ísak klar, doch er spielte mit.

Also ging Ísak weiter, bewegte sich absolut sicher in Dunkelheit und Unwetter, und auch das gefiel Hulda. Jón hätte sich niemals auf solch ein Abenteuer eingelassen. *Es ist so schön zu sehen, wie verschieden ihr seid und wie gut ihr euch ergänzt*, hatte eine Freundin mal über Jón und Hulda gesagt, und diese Worte hatten sich in ihr festgesetzt. Damit ließ sich vieles rechtfertigen, auch vor sich selbst hatte Hulda ihre Beziehung damit verteidigt, wenn ihr Jóns Eigenheiten auf die Nerven gingen, sein mangelndes Interesse an so vielen Dingen, die ihr wichtig waren.

Es regnete ohne Unterlass, und sie war schon völlig durchnässt und zerzaust, aber an Ísaks Seite machte ihr das nichts aus.

Sie wollte fragen, ob es noch weit bis zum Anglerhaus war, doch stattdessen versuchte sie, den Moment zu genießen, den Wind, der ihr entgegenblies, die gnadenlose Wucht der Naturgewalten. Das Leben konnte hart sein, so wie die Natur, aber es konnte auch schön sein, und so war es genau jetzt, es gab nichts Schöneres als den peitschenden Regen und die Nähe zu diesem Mann, dem sie gerade erst begegnet war, obwohl es sich anfühlte, als würde sie ihn schon ihr ganzes Leben lang kennen.

Die Natur war so präsent bei diesen Ermittlungen, beim Lösen dieses alten Rätsels. Und selbst wenn Álfrún und sie frustriert wieder nach Reykjavík fahren würden, kein bisschen schlauer, was das Schicksal des verschwundenen Jungen anging, so würden sie doch mit ein bisschen mehr Respekt vor der Natur zurückkehren. Insgeheim stand Hulda ganz auf Marías Seite, sie mochte sich gar nicht vorstellen, dass diese Landschaft geflutet, dass das Ökosystem aus dem Gleichgewicht gebracht werden sollte.

Mit Jón hatte sie nie über solche Dinge gesprochen, aber sie wusste, dass sie auch in dieser Sache verschiedener Meinung wären. Er würde ihr vorwerfen, sie wäre eine Traumtänzerin, argumentieren, dass man das pragmatisch sehen müsste, dass das Land Strom braucht und die Natur keine Gefühle hätte.

Sie gingen weiter, wie in einem Traum. Wenn das hier also alles nur Traumtänzerei war, fühlte Hulda sich tatsächlich pudelwohl in dieser Welt, sie spürte kaum noch die Kälte, auch das Anglerhaus interessierte sie nicht mehr, sie wollte einfach nur weiterlaufen und immer weiter, im Schutz des tosenden Windes, denn ohne ihn würde sie wieder der Realität ins Auge blicken müssen, die viel eisiger war als das Unwetter.

Ísak lief frisch voran, und Hulda hatte keine Schwierigkeiten, ihm zu folgen. Er wandere gern, hatte er ihr erzählt, und sie stellte sich vor, wie sie gemeinsam unterwegs sein würden, welche Berge sie zusammen besteigen könnten, und auf einmal wirkte die Zukunft nicht mehr ganz so bedrohlich wie noch vor ein paar Stunden, als María ihr die Zukunft aus dem Kaffeesatz lesen wollte.

Sie wollte Ísak nicht nur umarmen, sondern ihn küssen, im strömenden Regen. Und sie überlegte, es einfach zu tun, aber dann zögerte sie, war wieder einmal viel zu kontrolliert und vernünftig.

Es war stockfinster, und das Licht, das Hulda in der Ferne sah, wenn sie die Augen schloss und an Ísak dachte, verblasste mit jeder Sekunde.

XIV

Wieder blieb Ísak stehen, und diesmal kam Hulda sofort näher, damit sie hören konnte, was er sagte. Er drehte sich zu ihr um.

»Da ist das Haus. Wenn du die Augen zusammenkneifst, siehst du es.« Er blickte über seine Schulter und zeigte in Richtung des Hauses. Hulda versuchte, das viel besprochene Anglerhaus zu erspähen, doch sie sah nichts als das Unwetter und die Dunkelheit.

Sie rieb sich Augen und Gesicht trocken und versuchte es noch einmal, und plötzlich erkannte sie die Umrisse eines Gebäudes, viel näher als erwartet. Dort waren also die Nachbarn zusammengekommen, teils Freunde, teils Feinde, und wegen dieses Treffens stand Hulda nun mitten in der Nacht hier draußen im Regen.

»Ich sehe es«, sagte sie und spähte in die Dunkelheit. Auf einmal beschleunigte sich ihr Herzschlag. Sie sah jemanden am Haus. Aber das konnte natürlich nicht sein, nicht um diese Zeit, nicht bei diesem Wetter. Daher sagte sie nichts, wollte erst ganz sicher sein. Doch es bestand kein Zweifel.

Da war jemand.

Sie legte Ísak, der noch mit dem Rücken zum Anglerhaus stand, die Hand auf die Schulter und sagte: »Guck mal!«

»Was?«

»Da ist jemand.«

Jetzt sah auch Ísak die Gestalt, die sich eilig vom Anglerhaus entfernte, Richtung Osten. Wenn Hulda richtig orientiert war, lag dort der Hof von Vala und Óskar, und dahinter wohnte Eilífur. Nichts deutete darauf hin, dass die Person sie bemerkt hatte. Hulda und Ísak standen da und sahen ihr hinterher. Kurz verspürte Hulda den Impuls, zu rufen oder ihr hinterherzurennen, doch aus irgendeinem Grund blieben sie stehen und sahen zu, wie die Gestalt in die Nacht verschwand, in Regen und Wind, wie ein Wesen aus einer anderen Welt, das kurz erschienen war und sich dann wieder aufgelöst hatte. Doch Hulda glaubte nicht an solche Dinge, und sie hatten wohl kaum gleichzeitig halluziniert.

»Lass uns weitergehen«, sagte Ísak. »Wer mag das wohl gewesen sein?«

»Du hast es auch gesehen, oder?«, vergewisserte Hulda sich.

»Ja, da war jemand. Verrückt. Mitten in der Nacht.« Er schmunzelte: »Genau wie wir ...«

»Genau wie wir ...«, wiederholte Hulda nachdenklich.

»Merkwürdig. Sehr merkwürdig«, sagte er und setzte sich in Bewegung. Hulda folgte ihm.

Es war doch noch ein ganzes Stück bis zum Anglerhaus, weiter, als Hulda gedacht hatte, und der Marsch über die bucklige Wiese war beschwerlich. Sie näherten sich dem alten, hübschen Holzhaus von hinten. Unwillkürlich hielt Hulda nach Fußspuren Ausschau, aber in der Dunkelheit war natürlich nichts zu erkennen. Sie hatte nicht den Eindruck, dass hier ein Verbrechen begangen worden war, aber dass sie lediglich einen Nachtschwärmer beim Spaziergang beobachtet hatten, konnte sie sich auch nicht vorstellen. Sie war auf der Hut, rechnete beinahe damit, jeden Moment einer maskierten Person in die Arme zu laufen. Aber als sie um die Hausecke bogen, wirkte alles ruhig.

Während sie das Haus weiter umrundeten, erahnte sie den Fluss, sie sah ihn zwar nicht, spürte aber seine Anwesenheit, ganz in der Nähe. Sie stellte sich vor, dass das Sturmbrausen das Rauschen des Flusses wäre und sie mit Ísak an einem sonnigen Tag unter blauem Himmel im Gras säße, vielleicht war auch Dimma bei ihnen, spielte am Ufer.

Ísak lief ein paar Schritte vor ihr, wie auf dem gesamten Weg hierher, und auf einmal blieb er stehen. Fast wäre Hulda in ihn hineingelaufen. Sie trat einen Schritt zurück und wartete ab.

Ísak drehte sich zu ihr um und rief gegen den Wind: »Schau, Hulda, die Fensterscheibe ist kaputt. Hier.«

Er wirkte erschrocken, genau wie Hulda.

Jemand war in das Anglerhaus eingebrochen, und sie hatten es beinahe beobachtet.

Das kaputte Fenster befand sich direkt neben der Tür, so dicht, dass man hineingreifen und die Tür von innen öffnen konnte. Das machte Ísak, und im nächsten Moment standen sie im Haus. Erst jetzt bemerkte Hulda, wie kalt ihr nach dem Marsch durch Regen und Sturm war. Sie rieb ihre eisigen, tauben Hände.

Da legte Ísak seine Hände um ihre und hielt sie fest, und Hulda fühlte sich sicher, als könnte kein Schreckgespenst ihr etwas anhaben und auch Vergangenheit und Zukunft nicht. Die Zeit stand still, und Hulda sah klar und deutlicher als je zuvor, dass sie ihr Leben nicht mit Jón verbringen würde. Sie wusste nicht, ob sie den Mut aufbrachte, es jetzt sofort anzugehen, aber irgendwann würde sie die Kraft dazu finden.

Der typische Sommerhausgeruch empfing sie, diese heimelige Mischung aus Holz, Feuchtigkeit und all den Menschen, die sich über die Jahre darin aufgehalten hatten. Gleichzeitig spürte Hulda noch die Anwesenheit der mysteriösen Gestalt, die die Scheibe zerschlagen hatte und vor wenigen Minuten noch im Haus gewesen war.

Was hatte sie vorgehabt?

Welche Beweise mussten entfernt werden?

Ísak ließ ihre Hände los.

Im Haus war es natürlich genauso dunkel wie draußen, und Hulda verfluchte einmal mehr, dass der Strom ausgefallen war.

Ísak schloss die Tür.

»Hier sind bestimmt irgendwo Kerzen. Wir hätten Licht

mitnehmen sollen, ich weiß auch nicht, was ich mir dabei gedacht habe ...«

Und Hulda wusste nicht, was sie sich dabei gedacht hatte, mit diesem Mann durch die Nacht zu ziehen. Sie wartete, ließ ihn nach Kerzen und Streichhölzern suchen, und wenig später erhellten zwei Flammen das Haus.

»Es gibt hier diesen einen großen Raum, Diele, Aufenthaltsraum und Esszimmer in einem. Hier sitzen wir und streiten, trinken, erfreuen uns an unserem schönen Lachsfluss – oder vergessen auch mal, es zu genießen.« Er holte tief Luft. »Ich verstehe das einfach nicht. Was war da los, Hulda? Warum bricht hier jemand ein?« Er sah sich um. »Ich habe keine Ahnung, ob etwas gestohlen wurde. Hier sind keine Wertsachen, es gibt noch nicht einmal einen Fernseher. Das ist doch absurd.«

»Tja ...«, sagte sie nachdenklich.

»Und du hast vorhin noch nach dem Schlüssel gefragt.«

»Ja.«

»Schon merkwürdig, dass genau jetzt eingebrochen wird, oder?«

Hulda antwortete nicht.

Wollte die Person wirklich Beweismittel vernichten, oder hatte sie nach etwas gesucht?

Nach dem verschwundenen Teddy vielleicht?

»Hätten wir hinterherrennen sollen?«, fragte sie.

»Was meinst du?«

»Den Einbrecher verfolgen?«

»Ich denke nicht«, sagte Ísak. »Ich hätte keine Lust gehabt, mir bei einer nächtlichen Verfolgungsjagd die Knochen zu brechen. Im Dunkeln kann man in diesem Gelände nicht rennen.«

»Ich glaube, wir wurden nicht bemerkt«, sagte Hulda mehr zu sich selbst.

»Nein, ganz sicher nicht.«

Nach einer kurzen Pause fragte er: »Was ist hier eigentlich los, Hulda?«

Sie zögerte.

»Zwei Polizistinnen rücken an, und ihr sagt uns nichts. Du erwähnst das Anglerhaus, und in derselben Nacht bricht jemand ein, während eines Unwetters bei Stromausfall. Irgendwas ist doch los, Hulda. Du kannst es mir nicht länger verschweigen. Du musst mir die Wahrheit sagen, am besten gleich uns allen. Dann können wir dir vielleicht helfen.«

Hulda dachte nach. Ísak hatte natürlich recht, und die Sache wurde immer komplizierter. Jemand hatte etwas zu verbergen.

Acht Personen waren im Anglerhaus gewesen, als der Teddy dort aufgetaucht war.

Fünf davon waren bei Kári und Cerise gewesen, als Hulda nach dem Schlüssel gefragt hatte: das Ehepaar selbst, ihr Sohn Ísak und Vala und Óskar.

Verkleinerte das den Kreis der Verdächtigen, konnte Hulda die anderen drei ausschließen?

María war gestern Abend nicht dabei gewesen – und als diejenige, die die Polizei auf die Sache aufmerksam gemacht hatte, steckte sie wohl kaum dahinter. Außerdem hatten Ísaks kleiner Bruder Orri und Eilífur gefehlt.

Hast du den Teddy gesucht?, fragte Hulda sich im Stillen. Der war natürlich nicht mehr hier.

Ísak hatte recht: Sie konnte dieses Spielchen nicht länger aufrechterhalten.

»Also gut«, sagte sie schließlich. »Ich erzähle dir, worum es geht.«

XV

Und dann, im Schein der beiden Kerzen, erzählte Hulda Ísak die ganze Geschichte, von dem geraubten Kind und dem Teddy, der nach all den Jahren plötzlich aufgetaucht war. Nur wer die Polizei informiert hatte, verriet sie ihm nicht. Es spielte kein Rolle, und vielleicht würde sie es sogar ganz für sich behalten.

»Ich habe keine Erinnerungen an diesen Fall«, sagte Ísak. »Mit zehn habe ich mich nicht für die Nachrichten interessiert. Da habe ich lieber wie ein Wilder draußen rumgetobt«, sagte er und lächelte. »Aber das ist eine furchtbare Geschichte, Hulda. Ich kann mir nicht vorstellen, dass jemand hier aus der Gegend so ein Geheimnis mit sich herumträgt. Ich kenne diese Leute ziemlich gut und ...«

»Wir sollten jetzt gehen«, sagte Hulda. Sie musste schlafen, wenigstens noch ein bisschen. Gleich am Morgen musste sie jemanden herbitten, der die Einbruchsspuren am Anglerhaus sicherte.

»Ich bringe dich zurück«, sagte Ísak. Er wirkte auf einmal völlig kraftlos. Ihr selbst ging es genauso. Der Abend war aufregend gewesen, aber jetzt klopfte die Realität an die Tür.

»Ich weiß, das ist eine merkwürdige Situation, Ísak«, begann sie, bevor sie ins Unwetter hinaustraten, und sie bemerkte, dass sie seinen Namen verwendete, so wie er ihren. »Auf einmal wird dir klar, dass jemand, den du kennst, na ja ...«

»... ein Kind geraubt hat?«, vervollständigte er ihren Satz.

»Ja. Das kann man sich nicht vorstellen.«

»Das ist doch verrückt. Wer sollte das gewesen sein, Hulda? Hier kennt jeder jeden«, sagte er, und Hulda wusste, was er dachte: Auch seine Familie stand unter Verdacht.

»Vielleicht gibt es eine Erklärung für das alles. Es gibt keinen Grund, voreilige Schlüsse zu ziehen. Natürlich hoffe ich sehr, dass Álfrún und ich umsonst hergekommen sind«, sagte sie und meinte das auch so. Doch es änderte nichts daran, dass sie diesen Fall unbedingt lösen wollte.

»Ich kenne diese Menschen alle ziemlich gut«, sagte Ísak noch einmal.

»Das ist mir klar.«

»Zum Beispiel Vala und Óskar ...« Hulda verstand sofort, warum er die beiden als Erste nannte. Sie waren im passenden Alter und gehörten nicht zu seiner Familie. Es war verständlich, dass er zuerst an die anderen dachte. »Das sind ganz normale Leute, ihre Tochter geht in

Reykjavík aufs Gymnasium. Óskar war Sänger, vielleicht erinnerst du dich an ihn?«

»Wirklich?«

»Ja, er war früher sogar ziemlich erfolgreich, das sagt zumindest mein Vater. Ich erinnere mich an seine Auftritte im Radio. Wir wussten natürlich immer, wenn er gespielt hat. Du kennst die Lieder, wenn du sie hörst, ruhige Musik, altmodisch ... Aber leben konnte er davon nicht, denke ich, darum hat er den Hof übernommen. So ergeht es den meisten Bauernhofkindern, man kann sich dem nicht entziehen.« Er lächelte, doch in seinem Blick lag etwas Schwermütiges.

»Das macht diesen Beruf so schwierig. Wir haben fast immer mit gewöhnlichen Menschen zu tun, die in außergewöhnliche Situationen geraten sind«, sagte Hulda.

»Und dann María«, sprach Ísak weiter, als ob er Hulda nicht gehört hätte. »Sie streitet ständig mit Papa und er mit ihr, aber trotzdem haben wir sie gern. Wir sind hier wie eine große Familie. Manche reden nicht miteinander, so ist das Leben. María ist ein guter Mensch, sie würde niemals ein Kind rauben.«

»Das habe ich auch nie angedeutet.«

»Und Eilífur ...« Jetzt zögerte Ísak. »Er ist schon immer hier gewesen, wie die Trolle in den Bergen. Verdammt noch mal, wieso sollte er ...?«

Hulda wartete, dass er den Satz beendete, doch als klar war, dass er nicht weitersprach, fragte sie: »Glaubst du, Eilífur wäre dazu in der Lage? Ein Kind zu rauben?«

»Lass uns gehen«, sagte er, als hätte er keine Lust, weiter darüber zu reden.

Darauf stürzte er beinahe aus dem Haus. Hulda pustete die Kerzen aus und folgte ihm.

Gewissenhaft verriegelte sie die Tür, angesichts des zerbrochenen Fensters ein rein symbolischer Akt.

Dann gingen sie los, beide schwiegen, nur der Sturm nicht.

Sie versuchte, alle Gedanken an Ísak und Jón zu verdrängen, hatte jetzt keinen Kopf dafür, alle Energie musste in die Arbeit fließen. Sie wollte Álfrún nicht mitten in der Nacht wecken, dafür aber früh in den Tag starten.

Irgendjemand hier log, oder sagte zumindest nur die halbe Wahrheit, so viel war sicher.

Sie ging ein paar Schritte hinter Ísak, dessen Gestalt mit dem Regen verschwamm.

Konnte es sein, dass *er* etwas verbarg?

XVI

In der kurzen restlichen Nacht hatte Hulda wild geträumt. Sie hatte irgendwen oder irgendetwas gesucht, hatte eine Klappe im Boden geöffnet und war eine Wendeltreppe hinuntergestiegen, immer tiefer in die Dunkelheit. Die Treppe schien endlos, und irgendwo auf dem Weg wurde aus dem Traum ein Albtraum. Zum Umkehren war es zu spät, aber sie kam auch nie irgendwo an. Sie wusste nicht mehr, weshalb sie losgelaufen war, doch als sie aus dem Schlaf schreckte, hatte sie das Gefühl, sie wäre auf der Suche nach ihrer Tochter gewesen, dass irgendwo in der Dunkelheit Dimma auf sie wartete, vergeblich.

Sie holte tief Luft, blickte durchs Dachfenster und sah, dass es schon Morgen war und nicht mehr regnete. Hoffentlich gab es wieder Strom, am allerwichtigsten aber war das Telefon, denn sie mussten Bericht erstatten und im Zweifel Unterstützung anfordern. Zur Not musste sie Álfrún nach Blönduós schicken.

Eins nach dem anderen, dachte sie und stand auf, mit leerem Kopf, erschöpftem Körper und zermürbter Seele, doch der Tag hatte kein Erbarmen, verlangte ihre volle

Konzentration. Das Ziel war klar: Sie musste diesen Fall lösen, erfolgreicher sein als ihre Kollegen, herausragen. Ansonsten war das alles hier sinnlos.

Die nächtlichen Ereignisse wirkten noch unangenehm in ihr nach.

Sie dachte an Ísak, mit gemischten Gefühlen. Ja, sie war eindeutig in ihn verschossen, auch wenn sie natürlich nichts in diese Richtung unternehmen würde.

Dennoch vermisste sie ihn.

Hulda schaute in die Küche, doch so früh am Morgen war noch niemand auf den Beinen.

Das Telefon war immer noch tot, und Strom gab es auch noch nicht.

Jetzt stand sie vor Álfrúns Tür und klopfte, erst zart, denn sie wollte die Gastgeber nicht wecken, dann kräftiger.

Endlich reagierte Álfrún.

»Wir müssen los«, sagte Hulda bestimmt.

»So früh?«

»Wir sind im Dienst, nicht im Urlaub. Es gab diese Nacht einen kleinen Zwischenfall.«

Álfrún sah sie fragend an.

»Jemand ist ins Anglerhaus eingebrochen. Ich habe eine Person weglaufen sehen, mehr weiß ich leider nicht. Das Wetter hat total verrücktgespielt.«

»Was? Warum warst du draußen, nachts und im Unwetter?«

Das war in der Tat eine gute Frage, doch Hulda hatte nicht vor, ihren nächtlichen Spaziergang mit Ísak zu erwähnen, solange es sich vermeiden ließ.

»Ich konnte nicht schlafen und habe einen Spaziergang gemacht. Eine Fensterscheibe wurde eingeschlagen. Ich befürchte, meine Frage nach dem Schlüssel zum Anglerhaus hat die Leute aufgeschreckt.«

»Hat jemand nach dem Teddy gesucht?«, fragte Álfrún.

»Könnte sein.«

»Okay, ich bin gleich so weit. Gib mir fünf Minuten.«

»Ach«, sagte Hulda, »noch etwas: Eilífur, der alte Mann, scheint bei der Zusammenkunft im Anglerhaus neulich jemanden mit dem Teddy gesehen zu haben. Er hat sich wohl darüber lustig gemacht. Leider ist nicht klar, um wen es sich handelt.«

»Woher weißt du das?«

»Ísak hat es mir erzählt.«

»Ísak«, wiederholte Álfrún genüsslich und grinste. »Ihr habt euch gestern ziemlich gut verstanden. Ist zwischen euch was gelaufen?«

»Natürlich nicht«, wehrte Hulda ab. »Ich habe Mann und Kind, wie du weißt. Es war einfach nur nett, mit ihm zu reden. Ein interessanter Mann, und ich habe nebenbei einiges aus ihm herausgekriegt.«

»Soso.« Álfrúns Schmunzeln war nicht zu übersehen.

»Es ist nichts passiert.«

»Dann sollten wir uns den Kerl mal vorknöpfen, oder?«

»Bitte?«

»Diesen Eilífur.«

»Natürlich, wir müssen mit ihm reden«, antwortete Hulda. Von nun an würde sie diese Ermittlungen fest in der Hand halten.

»Also, ich meine jetzt sofort. Wenn jemand eingebrochen ist, hat derjenige vermutlich eins und eins zusammengezählt, oder? Eilífur weiß offenbar zu viel, und ...«

Kalter Schweiß brach Hulda aus. Álfrún hatte recht. Sie mussten jetzt sofort mit Eilífur reden, auch mit Orri, obwohl das nicht ganz so eilte.

Hulda wählte ihre Worte mit Bedacht und sagte schließlich mit fester Stimme: »Wir schauen jetzt gleich bei ihm vorbei. Danach müssen wir jemanden von der Polizei Blönduós herbitten, damit die Spuren im Anglerhaus gesichert werden.« Irgendwann würde sie damit herausrücken müssen, dass sie zu zweit gewesen waren, sie und Ísak.

»Okay, okay. In fünf Minuten treffen wir uns unten auf einen Kaffee. Und dann klopfen wir bei ihm an. Hoffentlich ist er noch am Leben.«

»Quatsch«, sagte Hulda, der es so vorkam, als spräche sie mit einem Kind. Dann fügte sie hinzu: »Kaffee gibt es nicht. Wie du vielleicht bemerkt hast, haben wir immer noch keinen Strom. Sie haben einen Elektroherd, daher können wir noch nicht einmal Wasser kochen.«

Doch Álfrún zuckte nur mit den Achseln.

Cerise war aufgestanden.
Sie begrüßte Hulda und Álfrún freundlich und ent-

schuldigte Kári, der immer noch schlief. »Hoffentlich funktioniert das Telefon bald wieder. Die Telefonleitung wird immer zuerst repariert, dann erst kümmern sie sich um den Strom.«

»Das wird schon. Wir müssen mit Eilífur sprechen und dann nach Blönduós fahren«, erklärte Hulda. »Er wohnt hier ganz in der Nähe, oder?«

»Es liegt nur ein Haus dazwischen. Einfach den Weg geradeaus weiter. Sein Haus ist ... Na ja, ganz schön heruntergekommen. Der Arme hat keine Kraft mehr für die Instandhaltung. Wenn er mal abtritt, wird es sicher abgerissen.« Sie seufzte und sagte dann, genau in dem Moment, als Hulda die Haustür öffnete: »Ich suche mal nach unserem Campingkocher, dann kann ich Ihnen wenigstens einen Kaffee machen. Zu ärgerlich, dieser Stromausfall.«

Es war kalt draußen und immer noch dämmrig, und die Luft war feucht vom nächtlichen Unwetter. Einen kurzen Moment lang dachte Hulda, das hier wäre nicht Island, sondern irgendein düsterer, verhangener Fleck im Nirgendwo. Aber vielleicht beschrieb genau das ihr Land am besten.

»Ich fahre«, sagte sie entschieden.

»Prima«, antwortete Álfrún mit einem Lächeln. Immer war sie gut gelaunt, immer charmant.

Nach kurzer Fahrt erreichten sie Eilífurs Hof. Cerise hatte nicht übertrieben, was den Zustand des Hauses anging.

Ein alter roter Jeep stand davor, der alles andere als fahrtüchtig wirkte.

»Na dann, checken wir den alten Herrn mal«, sagte Álfrún und stieg aus dem Wagen.

Hulda eilte ihr nach.

Álfrún klopfte an die Tür; eine Klingel gab es nicht.

»Puh, das dauert ja …«, stöhnte sie, als sich nichts rührte.

»Er ist ein alter Mann, Álfrún«, sagte Hulda leicht verärgert. »Geben wir ihm etwas Zeit.«

Sie warteten, Álfrún klopfte noch einmal, doch nichts tat sich.

»Okay, lass mal sehen …«, seufzte Hulda. Sie drückte die Klinke herunter, und wie erwartet ließ sich die Tür öffnen.

»Eilífur«, rief Hulda ins Haus, so laut, dass es gut zu hören war, der Mann aber keinen Herzinfarkt bekam. »Eilífur!« Dieser Name war so ungewöhnlich, dass er ihr nicht gut über die Lippen ging.

Noch immer keine Reaktion.

Das Haus erinnerte an das Haus von Kári und Cerise, Küche und Wohnzimmer in der unteren Etage. Aber dort war niemand. War er so früh am Morgen zu einem Spaziergang aufgebrochen?

»Lass uns raufgehen«, sagte Álfrún und ging los, ohne auf eine Antwort zu warten.

Wieder war Hulda diejenige, die ihr folgte. Noch ehe Hulda den Treppenabsatz erreichte, hörte sie Álfrún schreien: »Verdammt!«

Hulda rannte los, stolperte beinahe und stürzte zu Álfrún, die in der Tür zu einem der Zimmer stand, das offensichtlich das Schlafzimmer des alten Mannes war. Sie warf einen Blick über Álfrúns Schulter und sah ihn in seinem Bett liegen. So bedrohlich entspannt, dass er nur tot sein konnte.

»Verdammter Mist«, entfuhr es ihr. Ihre Gedanken rasten.

Das waren ihr langsam zu viele Zufälle, erst der Einbruch und jetzt Eilífurs Tod. Sie wussten zwar noch nicht, ob es ein natürlicher Tod gewesen war oder nicht. Doch Hulda konnte nicht ausschließen, dass die Person, die ins Anglerhaus eingebrochen war, sich anschließend zu Eilífur begeben hatte, sich im Dunkeln die Treppe raufgeschlichen und ... ja ... ihm vielleicht ein Kissen aufs Gesicht gedrückt hatte.

Álfrún ging hinein, trat an das Bett und beugte sich über die Leiche.

Sie wirkte jetzt völlig gefasst, der Tod des Mannes schien sie nicht weiter aus dem Konzept zu bringen. Álfrún war tough, das gefiel Hulda. Sie würden zwar nie Freundinnen werden, das konnte Hulda mit Sicherheit sagen, aber vielleicht wären sie ein gutes Team. Langsam verstand sie, was Sölvi in ihr sah. Vielleicht hatte er sie gemeinsam aufs Land geschickt, damit Hulda in ihre Rolle als Chefin hineinwuchs? Denn am liebsten arbeitete sie allein. Doch wenn sie bei der Polizei Karriere machen wollte, musste sie sich an die Arbeit im Team gewöhnen.

Hulda schnürte es den Hals zu, sie hatte das Gefühl, versagt zu haben, dass es ein Fehler gewesen war, die Gestalt am Anglerhaus nicht zu verfolgen.

Ich hätte keine Lust gehabt, mir bei einer nächtlichen Verfolgungsjagd die Knochen zu brechen.

Das hatte Ísak gesagt, und Hulda war ihm darin gefolgt, doch jetzt überlegte sie, ob Ísak vielleicht schlicht hatte verhindern wollen, dass die Wahrheit ans Licht kam? Befürchtete er, dass sie eine Person verfolgt hätten, die ihm nahestand?

Mit dem Tageslicht hatte die Verliebtheit der Nacht etwas abgenommen, und stattdessen meldete sich jetzt ihr Misstrauen.

»Er ist tot«, bestätigte Álfrún das Offensichtliche.

»Ja. Wir müssen uns aufteilen, Álfrún«, sagte Hulda und holte tief Luft. »Ich fahre nach Blönduós und schicke Unterstützung raus. Du wartest hier.«

Das war kein Vorschlag, sondern ein Befehl, den Álfrún ohne Protest akzeptierte.

»Traust du dir das zu?«, fragte Hulda nach einem kurzen Schweigen.

»Na klar, kein Problem. Der Alte wird mir nicht mehr gefährlich.«

XVII

Huldas Herz raste.
Sie hatte es vermasselt.
Ein alter Mann war getötet worden, weil sie mitten in der Nacht die falsche Entscheidung getroffen hatte, weil sie Angst gehabt hatte oder verliebt war oder beides, und weil sie etwas getrunken hatte und ihr Urteilsvermögen beeinträchtigt gewesen war.

Sie setzte sich ans Steuer, fuhr vorsichtig rückwärts aus der Zufahrt, obwohl kein Mensch zu sehen war, wendete und fuhr so schnell es ging die Schotterstraße hinunter. Sie musste raus aus diesem Tal, auf die Landstraße, vielleicht bekam sie dort wieder Luft.

Verflixt!

Sie hatte diesen Beruf selbst gewählt und wollte Karriere machen, und im entscheidenden Moment traf sie die falsche Entscheidung.

Sie fuhr in Stille, allein mit den beklemmenden Gedanken, gab Gas, reizte die Grenzen des Wagens aus und auch ihre eigenen. Erst auf der Landstraße konnte sie wieder klar denken.

Die Entscheidung stand fest.

Sie würde nichts sagen, solange es sich vermeiden ließ. Sie wollte nicht vor Sölvi stehen und um Vergebung bitten. Das würde auch Álfrún nicht tun, und sowieso keiner der Polizisten, mit denen sie sich Tag für Tag maß. Auch die hatten Fehler gemacht, unzählige, und auch sie war nur ein Mensch. Vielleicht war Eilífur ja auch eines natürlichen Todes gestorben, und es konnte genauso gut sein, dass die Gestalt im Dunkeln zuerst bei Eilífur gewesen und danach zum Anglerhaus gekommen war.

Allerdings war Letzteres ziemlich unwahrscheinlich, wenn sie ehrlich war. Denn Eilífur hätte dem Unbekannten nur gefährlich werden können, wenn der Teddy in die Hände der Polizei gelangt war. Außerdem war die Person, die sie beobachtet hatten, vom Anglerhaus in Richtung Eilífur gelaufen.

Verdammter Mist!

Sie fuhr deutlich schneller als erlaubt und erreichte Blönduós eher als erwartet.

Auf der Wache traf sie einen stattlichen Mann an, sein Kopf war bis auf ein paar wenige Strähnen kahl. Er stellte sich als Skarphéðinn vor, diensthabender Wachtmeister, und war bereits genauestens über Huldas und Álfrúns Einsatz im Norden informiert.

»Wir brauchen Unterstützung«, kam Hulda direkt zur Sache.

»Ich bin ganz Ohr«, sagte er übertrieben freundlich.

»Ein Bewohner des Tals, sein Name ist Eilífur ...«
Skarphéðinn fiel ihr ins Wort, lächelte und sagte: »Eilífur, ja. Er ist steinalt, mein liebster Trinkgenosse.«
»Er ist tot. Ich vermute, er ist diese Nacht gestorben«, sagte sie, und dem Kollegen war anzusehen, dass ihn diese Neuigkeit traf.
»Was sagen Sie da? Tot? Der arme Mann. Er lebte allein, wie Sie sicher wissen. Das ist ja wirklich furchtbar, ganz furchtbar.«
»Bei dem Unwetter ist der Strom ausgefallen, die Telefonverbindung ist auch unterbrochen.«
»Das stimmt, ja.«
»Könnten Sie jetzt gleich hinfahren, und vielleicht gibt es noch jemanden, der uns unterstützen kann? Es wurde auch ins Anglerhaus eingebrochen.«
»Ach ja?«
»Ja, vermutlich ebenfalls in dieser Nacht. Wir brauchen Verstärkung aus Reykjavík, so ein verdammter Mist«, rutschte es ihr heraus. Etwas verschämt fügte sie hinzu: »Entschuldigen Sie, aber mir gefällt das alles nicht. Ich befürchte, dass Eilífur ermordet wurde.«
Jetzt wurde Skarphéðinn blass.
»Wie bitte? Das kann nicht sein. Der arme Mann, er hat keiner Fliege etwas zuleide getan, hatte keine Feinde.«
»Das wird sich zeigen. Ich müsste mal telefonieren. Es wäre gut, wenn Sie meine Kollegin ablösen und Eilífurs Haus bewachen könnten. Eine weitere Person muss das Anglerhaus sichern.«

»Wir kümmern uns sofort darum, auf der Stelle«, sagte Skarphéðinn. So spannend ging es hier wohl selten zu.

»Noch eines«, sagte sie. Wo sie schon mal hier war, wollte sie gleich alle Hebel in Bewegung setzen. »Kennen Sie Orri Kárason?«

»Und ob ich den kenne«, antwortete Skarphéðinn. »Er ist ein guter Bekannter der Polizei ...«

»Ich muss mit ihm sprechen.«

»Alles klar, ich weiß, wo ich ihn finde. Er ist leider etwas vom Weg abgekommen, der arme Junge. Dabei hat er vorbildliche Eltern und einen tollen Bruder.«

Das konnte Hulda nur bestätigen, was sie aber natürlich nicht tat. Sie merkte deutlich, dass sie sich in diesem Moment mehr nach Ísak sehnte als nach Jón, den sie jetzt dringend anrufen musste, um zu fragen, ob alles in Ordnung war.

»Sie sind sehr verschieden, die Brüder. Ich hoffe, dass Orri sich wieder fängt, früher oder später.«

»Bitte sagen Sie ihm, dass er herkommen soll. Ich bin noch eine Weile hier, muss einige Telefonate führen.«

»Schön, schön«, sagte Skarphéðinn. »Mein Kollege ist draußen im Einsatz, ich fahre raus und hole ihn. Wir beeilen uns und sehen uns dann vor Ort. Sie ziehen die Tür einfach zu, ja?«

Damit ging er.

Zuerst rief Hulda zu Hause an, doch niemand ging ran. An sich war das nicht erstaunlich, vermutlich war Dimma in der Schule und Jón in irgendeinem Meeting, wie immer.

Als Nächstes meldete sie sich auf dem Kommissariat bei Sölvi und berichtete ihm haarklein von den Geschehnissen.

»Tja, also ...«, war das Erste, was er sagte, ehe er sich bestätigen ließ, dass Álfrún sich gut machte.

»Ich schicke sofort Verstärkung. Du schaffst das, Hulda, oder? Muss ich auch kommen?« Er wirkte nervös. Normalerweise war Sölvi klar und aufgeräumt und ließ sich nicht so leicht aus der Ruhe bringen, doch irgendwie klang er verändert.

»Ich habe die Situation im Griff, natürlich, keine Sorge«, antwortete sie, genau wie er es hören wollte.

»Tja, also ...«, sagte er noch einmal. »Aber es wird ja wohl nicht ...«

Er beendete seinen Satz nicht, sondern sagte: »Na schön, ich leite hier alles in die Wege. Wir hören uns, Hulda. Melde dich, wenn es Neuigkeiten gibt. Wir können beide einen Erfolg gebrauchen.«

Sein letzter Satz irritierte Hulda, doch sie versprach, sich zu melden.

Dann saß sie einen Moment da und hoffte, dass Orri hereinkam, auch wenn sie sich vermutlich noch gedulden musste.

Eigentlich hatte sie Atli vorerst nicht mehr behelligen wollen, doch die Situation war jetzt eine andere, daher wählte sie seine Nummer.

Atli reagierte unwirsch.

»Sie wollten mich doch in Ruhe lassen«, sagte er.

»Die Ereignisse haben sich ... wie soll ich sagen ... überschlagen, Atli.«
»Bitte?«
»Diese Nacht ist hier ein Mann gestorben. Die Sache gefällt mir nicht, denn ich glaube, er hatte Informationen über ... über Ihren Jungen, über den Kindesraub.«
»Wieso glauben Sie das?«, fragte Atli scharf.
»Das ist ein wenig kompliziert. Ich muss Sie bitten, über eine Sache noch einmal gut nachzudenken ...«
»Ja, gut, okay«, sagte Atli zögerlich.
»Sie haben damals jemanden im Garten gesehen ...«
»Ja.«
»Überlegen Sie bitte noch einmal, ob es wirklich niemanden gab, Atli, der Ihrem Sohn Böses gewollt haben könnte? Oder der sich an Ihnen oder Ihrer Frau rächen wollte?«

Außer einem leichten Rauschen und Knacken herrschte Stille in der Leitung, bis Atli antwortete: »Ich weiß nicht, ob es sich lohnt, das zu erwähnen, aber ...«

Wieder schwieg er, und Hulda ließ ihn das Tempo bestimmen. Auf ein paar Minuten kam es nicht an.

»Na ja, über die Jahre habe ich immer mal wieder daran gedacht«, begann er. »Mit der Frau, mit der ich zusammen war, bevor ich Emma kennengelernt habe, bin ich nicht im Guten auseinandergegangen. Das Mädchen hat mich bedroht, könnte man sagen, sie hat mir das alles sehr übel genommen. Das heißt nicht, dass sie wirklich etwas getan hat, verstehen Sie? Zumindest nichts Schlimmes.

Überhaupt nicht. Ich erzähle das nur, weil Sie danach fragen. Das ist das Einzige, was mir einfällt.«

»Danke. Wie heißt sie?«

»Andrea Sturludóttir.«

»Wissen Sie, was sie heute macht?«

»Keine Ahnung. Sie ist aus meinem Leben verschwunden, und ich habe nie nachgeforscht, was aus ihr geworden ist.«

Hulda notierte sich den Namen, obwohl sie ihn sich auch so merken würde.

»War sie im selben Alter wie Sie?«, fragte Hulda und überlegte, ob es womöglich eine der Frauen aus dem Blöndudalur sein könnte. Drei von ihnen waren im passenden Alter: María, die den Teddy gefunden hatte und damit kaum in Betracht kam, Cerise und Vala.

»In etwa, ein paar Jahre jünger«, sagte Atli. Er klang nervös.

Die Vorstellung, dass eine junge Frau im Liebeskummer ein Kind raubte, um sich zu rächen, war natürlich abwegig, aber alles war möglich, die Realität war oft absurder als jede Fantasie.

»Haben Sie das damals der Polizei gegenüber auch erwähnt?«, fragte Hulda, die sich nicht daran erinnerte, in der Akte den Namen Andrea gelesen zu haben.

»Nein, das habe ich nicht«, antwortete Atli. »Ich glaube auch nicht, dass sie etwas damit zu tun hat, und ich hätte das auch jetzt nicht erwähnt, wenn Sie nicht noch einmal nachgebohrt hätten.«

Hulda fand es sehr erstaunlich, dass Atli das nicht schon damals erwähnt hatte, als der Fall zum ersten Mal untersucht worden war und die Spuren noch frisch gewesen waren. Warum tat er es jetzt? Er hätte auch einfach schweigen können.

»Atli, ich muss Ihre Schwiegereltern kontaktieren. Das kann nicht länger warten. Ich weiß nicht, ob sie mir helfen können, aber ich muss mit ihnen reden.«

»Ja, das verstehe ich.«

»Haben Sie kürzlich mit ihnen gesprochen?«

»Nicht in den letzten Tagen, nein ... Ich habe mich davor gedrückt, mich bei ihnen zu melden, will den Teddy nicht erwähnen, keine Hoffnungen wecken. Das alles muss ein Missverständnis sein, oder ein Zufall. Ich habe die Hoffnung schon lange aufgegeben, Hulda.«

Das war ihm deutlich anzuhören.

Hulda verabschiedete sich und griff nach dem Telefonbuch.

Sie fand keine Andrea Sturludóttir. Ein Anruf beim Meldeamt ergab, dass Andrea ausgewandert war und in Großbritannien lebte. Eine Todesanzeige gebe es nicht, daher dürfe sie davon ausgehen, dass die Frau lebe. Weitere Informationen hatte der Mitarbeiter nicht. Damit blieb auch diese Person kaum greifbar.

Als Nächstes suchte sie die Nummer von Atlis Schwiegereltern heraus, und als sie sie gefunden hatte, klingelte das Telefon.

Hulda ging sofort ran. »Hulda Hermannsdóttir, Polizei.«

»Hulda, hier ist Skarphéðinn. Hören Sie mich?«

Hulda schmunzelte; natürlich hörte sie ihn. Er gehörte einer anderen Generation an, war in einer Zeit aufgewachsen, als es noch Glückssache gewesen war, ob eine Telefonverbindung auch wirklich funktionierte.

»Ja, was gibt's? Haben Sie Orri gefunden?«

»Das ist es ja. Ich finde ihn nicht.«

»Okay ... Ist das normal?«, fragte sie und bemerkte, dass sie mittlerweile überall Gespenster sah. Sie nahm sich diesen Fall zu sehr zu Herzen, es ging einfach um so viel: ein verschwundenes Kind und ihre berufliche Zukunft.

»Na ja«, sagte Skarphéðinn. »Der Junge lebt ein ziemliches Lotterleben. Heute Nacht hat er wohl nicht bei seinem Freund im Keller übernachtet, wo man ihn sonst immer antrifft. Der Freund weiß von nichts, geht davon aus, dass er irgendein Mädchen bequatscht und die Nacht bei ihr verbracht hat. Aber keine Sorge, wir finden ihn. Das ist ein kleiner Ort, hier geht niemand verloren. Vertrauen Sie mir.«

»Natürlich«, sagte sie, und das war nicht gelogen. Skarphéðinn war ein netter Kerl. Er strahlte etwas Positives aus, und sie hatte das Gefühl, ihm vertrauen zu können.

»Ich muss dann mal. Mein Kollege beendet jetzt die Geschwindigkeitskontrolle hier auf der Landstraße und kommt zurück auf die Wache. Dann übernehmen wir im Tal, bis Sie dort eintreffen.«

»Vielen Dank«, sagte sie und fühlte sich endlich wie die Chefin, wie jemand, zu dem die anderen aufblickten und dem sie vertrauten.

Dass Orri verschwunden war, beunruhigte sie aber doch. Nach den Ereignissen der Nacht hatte sie kein gutes Gefühl. Ein Einbruch, ein Todesfall und – wie es aussah – eine nicht auffindbare Person, und das innerhalb eines Tages.

Das vorerst letzte Telefonat galt Atlis Schwiegereltern, den Eltern der verstorbenen Emma.

Hulda gab die Hoffnung auf, dass noch jemand ranging, nachdem das Telefon eine gefühlte Ewigkeit geklingelt hatte. Vielleicht sollte sie jemanden hinschicken, der bei den Leuten anklopfte – oder selbst vorbeifahren, wenn sie zurück in Reykjavík war? Mit ihnen reden musste sie unbedingt.

Als sie gerade auflegen wollte, ging doch noch jemand ran.

»Hallo? Hallo …?«

Die Stimme klang nach einer jungen Frau.

»Guten Tag, ich wollte eigentlich Guðbergur und Oddrún sprechen. Habe ich mich vielleicht verwählt?«, fragte Hulda.

»Verwählt? Nein, nein, sie sind nur nicht zu Hause.«

»Könnten Sie ihnen etwas ausrichten? Sie bitten, dass sie zurückrufen?«

»Ich passe nur auf ihre Katzen auf, daher … Ich weiß nicht, wann ich sie das nächste Mal sehe. Wollen Sie nicht einfach auf dem Land anrufen? Sie sind vor einer Woche aufgebrochen und wollen noch eine Weile bleiben. Ich wohne in der Nachbarschaft und füttere so lange ihre Katzen.«

»Haben Sie ihre Nummer?«

»Ja, Moment ...«, sagte die Frau und legte kurz den Hörer ab. Dann diktierte sie Hulda eine Nummer mit der Vorwahl 95.

»Danke«, sagte Hulda und fragte dann: »Fünfundneunzig? Welche Gegend ist das?«

»Sie sind in ihrem Haus in Blönduós.«

XVIII

Wie konnte es verdammt noch mal sein, dass Emmas Eltern ein Haus in Blönduós besaßen? Nach einiger Suche hatte die Katzensitterin die Adresse herausgesucht und Hulda diktiert. Das konnte doch kein Zufall sein, oder? Da Orri im Moment sowieso nicht aufzufinden war, musste Hulda auch nicht länger auf der Wache bleiben. Im Telefonbuch suchte sie den Stadtplan von Blönduós heraus, prägte sich den Weg ein und eilte zum Auto. Das Haus lag am Ortsrand. Ein schönes altes Holzhaus, grün und weiß gestrichen, ein typisches isländisches Sommerhaus.

Zwanzig Jahre waren seit dem spurlosen Verschwinden des Enkelkinds von Guðbergur und Oddrún vergangen, doch Hulda ging fest davon aus, dass die Wunde noch nicht vollständig verheilt war und sie ihre Worte mit Bedacht wählen musste, um die beiden nicht unnötig in Aufregung zu versetzen.

Sie parkte vor dem Haus und sah, dass sich eine Gardine bewegte, als sie auf die Tür zuging. Das Haus war in einem sehr gepflegten Zustand; Geldmangel herrschte hier jedenfalls nicht.

Noch ehe sie anklopfen konnte, öffnete ein älterer Herr. »Guten Tag«, sagte er und lächelte. Er war ordentlich gekleidet, trug ein kariertes Hemd und eine graue Hose. Sie schätzte ihn auf um die achtzig, vielleicht auch etwas jünger, ein ausdrucksstarker Mann, der einen selbstbewussten Eindruck machte.

»Guten Tag«, erwiderte Hulda und versuchte sich vorzustellen, wie Álfrún auftreten würde: positiv, freundlich, strahlend. »Hulda ist mein Name, ich bin von der Kriminalpolizei. Könnte ich kurz mit Ihnen sprechen?«

»Kriminalpolizei?«, wiederholte er, wirkte aber nur mäßig erstaunt. Vielleicht ließ er sich von nichts aus der Ruhe bringen. »Kommen Sie rein. Mein Name ist Guðbergur, aber das wissen Sie sicher schon. Meine Frau schläft. Sie war in letzter Zeit nicht gut beieinander, deshalb sind wir rausgefahren, an die frische Luft. Es macht Ihnen hoffentlich nichts aus, dass Sie nur mit mir sprechen können?« Hulda spürte, dass sie keine Wahl hatte. Guðbergur hatte die Entscheidung bereits getroffen.

»Was kann ich für Sie tun?«, fragte er, nachdem sie sich gesetzt hatten.

»Leider muss ich mit Ihnen über einen alten Fall sprechen. Sicher können Sie sich schon denken, worum es geht ...«

»Ja. Der Fall wurde vor zwanzig Jahren abgeschlossen, und meine Frau und ich haben kein Interesse, weiter darüber zu reden.«

»Das verstehe ich. Vergangenes Wochenende gab es, nun ja, eine neue Wendung, der Teddy des Jungen ist aufgetaucht.«

Guðbergur ließ sich von dieser Neuigkeit nicht einen Moment lang aus dem Konzept bringen.

»Das kann ich kaum glauben. Aber es würde auch wenig ändern. Wenn Sie das Kind finden, bin ich bereit, Ihnen zuzuhören, aber wir haben uns schon lange damit abgefunden, dass es dazu nicht mehr kommen wird. Ich bin froh, dass meine Frau schläft, solche Nachrichten würden sie nur unnötig aufwühlen. Dann würde sie sich doch wieder Hoffnungen machen, aber wir beide wissen genau, dass es keine Hoffnung gibt.«

»Das sehe ich genauso. Dennoch verstehen Sie sicher, dass wir dem nachgehen müssen.«

Er nickte und fragte: »Kann ich den Teddy sehen?«

»Im Moment nicht, aber später wäre es möglich. Er wird derzeit in Reykjavík untersucht.«

»Wo wurde er gefunden, wenn ich fragen darf?«

»Genau das ist das Merkwürdige: Er ist hier in der Gegend aufgetaucht.«

»Hier?« Guðbergur zog die Brauen hoch.

»In einem Anglerhaus an der Blanda. Haben Sie eine Erklärung dafür?«

»Diese Frage gefällt mir nicht. Wollen Sie damit sagen, meine Frau und ich hätten den Teddy die ganze Zeit bei uns gehabt und ihn in irgendeinem Anglerhaus verloren? Ich angele schon lange nicht mehr.«

»Entschuldigen Sie, so war das nicht gemeint. Uns ist bekannt, welche Personen in dem Anglerhaus waren und dass Sie nicht dabei gewesen sind. Aber es ist schon ein merkwürdiger Zufall, dass auch Sie sich genau in dieser Ecke des Landes aufhalten.«

»Zufälle sind Teil des Lebens.«

»Das Anglerhaus gehört fünf Parteien«, sagte Hulda und zählte die Eigentümer auf. »Der Letztgenannte ist diese Nacht gestorben.«

Guðbergur zuckte mit den Schultern.

»Ich kenne diese Leute nicht. Wir machen hier nur Ferien. In unserem Sommerhaus. Wir haben hier keine Wurzeln, verbringen die meiste Zeit einfach zu zweit in diesem Haus. Dass der Mann gestorben ist, tut mir leid, aber ich sehe nicht, was ich damit zu tun habe.«

»Das wollte ich damit auch nicht sagen. Es hat mich nur interessiert, ob Sie jemanden von diesen Leuten kennen.«

»Nein, tue ich nicht – wie bereits gesagt. Glauben Sie, jemand von ihnen hat den Teddy meines Enkelsohns gehabt? Das kommt mir abwegig vor.« Er klang herablassend, und Hulda überlegte, ob er auch mit einem männlichen Kollegen in diesem Ton gesprochen hätte.

»Ist dieses Haus schon lange in Ihrem Besitz?«

»Ja. Ich stamme aus dem Norden, daher passte das gut. Haben Sie etwas gegen Blönduós?«

»Das habe ich nicht gesagt. Ich habe lediglich nachgefragt.«

»Schön.«

»Was glauben Sie, was passiert ist?«, fragte Hulda. Eigentlich hatte sie diese Frage nicht stellen wollen, doch Guðbergurs Ton nervte sie.

»Mit diesem Teddy?«

»Nein, mit dem Jungen.«

»Er wurde entführt und ist gestorben. Ich habe keine Ahnung, wer dahintersteckte. Mein Schwiegersohn hat jemanden im Garten gesehen, aber diese Person werden wir nicht mehr finden.«

Guðbergur wirkte genauso desillusioniert wie Atli, was Hulda gut verstehen konnte. Kein Mensch hielt zwanzig Jahre an der Hoffnung fest, das konnte man von niemandem erwarten. Irgendwie hatten sie sich mit der Trauer arrangiert, jeder auf seine Weise, um weiterleben zu können. Nur Emma schien an dem Verlust zerbrochen zu sein.

»Liegt der Tod Ihrer Tochter lange zurück?«

»Müssen wir darüber reden? An die meisten Informationen dazu werden Sie auch anderweitig herankommen.«

»Woran ist sie gestorben?«, fragte Hulda dennoch. Sie gab die Hoffnung noch nicht auf, auch wenn sie kaum zu Guðbergur durchdrang.

»Sie wurde krank«, antwortete er.

»Was hatte sie?«

»Wissen Sie, Hulda, mir gefallen Ihre Fragen nicht. Ich habe meine Tochter und meinen Enkel verloren. Jemand hat ihn uns genommen, und dieselbe Person hat uns im Grunde auch Emma genommen. Sie hat es nie verwunden.

Mehr werde ich dazu nicht sagen. Sie haben kein Recht, hier hereinzustürmen und in unserer Vergangenheit herumzuwühlen. Ich wünsche Ihnen viel Erfolg mit Ihren, ähm, Ermittlungen, aber Sie wissen genauso gut wie ich, dass Sie den Schuldigen nicht finden werden. Dafür ist es zu spät.«

»Wollen Sie denn gar nicht wissen, wer die Verantwortung trägt?«

»Natürlich will ich das wissen!« Guðbergur hatte die Stimme erhoben. »Das können Sie sich ja wohl denken. Aber ich bin ein vernünftiger Mensch, realistisch. Den Teddy ist die Person mit Sicherheit schon damals losgeworden, und irgendwie ist er dann hierhergeraten und in diesem Anglerhaus gelandet.« Er holte tief Luft, seine Augen funkelten zornig. »Daher: Wenn es sich tatsächlich um seinen Teddy handelt, sollte die Familie ihn zurückbekommen, sobald Sie Ihre Untersuchungen abgeschlossen haben.«

»Natürlich«, versprach Hulda.

XIX

»Ich kann es noch immer nicht glauben, dass er nicht mehr unter uns ist«, sagte Kári. Sie saßen zu viert im Wohnzimmer: Kári, Cerise, Hulda und Álfrún. Die Verstärkung aus Reykjavík war noch nicht eingetroffen. So lange bewachten Skarphéðinn und sein Kollege den Hof von Eilífur und das Anglerhaus.

»Sicher, er war schon alt«, sagte Cerise. »Sehr alt.«

»Aber dennoch gesund, oder?«

Kári nickte. »Ist er im Schlaf gestorben?«

»Es sieht so aus«, antwortete Álfrún. »Es sei denn, er wurde getötet.«

Hulda zuckte zusammen und sah, dass auch das Ehepaar erschrak. Vielleicht hatte Álfrún genau das bezweckt?

»Das kann nicht sein!«, entgegnete Kári. »Weshalb sollte das jemand tun?«

»Haben Sie letzte Nacht irgendetwas gehört?«, fragte Hulda … und bereute es sofort.

»Ja, jetzt, wo Sie danach fragen, fällt mir ein, dass ich in der Nacht jemanden im Haus gehört habe«, sagte Cerise. »Vielleicht habe ich aber auch nur geträumt.«

»Nein, nein, ich bin eine Weile raus in den Regen gegangen. Ich konnte nicht schlafen«, sagte Hulda. »Und Sie haben die ganze Nacht in Ihrem Bett gelegen und geschlafen?«

»Wie jede Nacht«, schaltete sich nun Kári ein.

»Kennen Sie eine Frau namens Andrea Sturludóttir?«, fragte Hulda. Sie blickte zu Álfrún hinüber, die irritiert wirkte. Hulda hatte ganz vergessen, ihr von dem Telefonat mit Atli zu berichten. Gleichzeitig fühlte es sich gut an, ihr gegenüber ein paar Trümpfe in der Hand zu halten.

»Andrea? Nein, ich kenne keine Andrea«, sagte Kári und sah seine Frau an. »Du?«

»Ich glaube nicht, nein. Keine Isländerin. Ich kannte mal eine Andrea in Deutschland, aber das ist vermutlich nicht die Person, die Sie meinen.«

»Wer ist die Frau überhaupt?«, fragte Kári und fügte hinzu: »Sagen Sie uns endlich, warum Sie hier sind!«

»Im Anglerhaus wurde etwas gefunden, das mit einem alten Fall zu tun hat. Damals wurde in Reykjavík-Háagerði ein Säugling ...«

»Ja, ich erinnere mich. Jemand hat ein Baby aus der Wiege geraubt, an Weihnachten«, fiel Kári ihr ins Wort. »Furchtbar, ganz furchtbar. Und Sie haben hier etwas gefunden? Was soll das bitte sein? Wir kennen diese Leute überhaupt nicht.«

»Aber vielleicht jemand anders aus dem Tal?«

»Das kann ich mir nicht vorstellen. Ich habe nie jemanden davon reden hören. Und das ist ja auch viele Jahre her.«

»Zwanzig, um genau zu sein.«

»Wurde das Kind gefunden?«, fragte Cerise.

»Nein, es wurde nie gefunden«, antwortete Hulda.

»Das ist mir alles etwas zu viel, muss ich sagen«, meinte Kári, und irgendwie glaubte sie ihm.

»Das klingt wirklich alles ziemlich sonderbar«, sagte Cerise.

»Außerdem ist heute Nacht jemand ins Anglerhaus eingebrochen.«

»Was sagen Sie da?«

»Wir warten gerade auf Verstärkung aus Reykjavík. So lange bewachen zwei Mitarbeiter der Polizei Blönduós das Anglerhaus. Lassen Sie sich davon nicht beunruhigen.«

»Nein, nein, wir … Wir helfen mit, so gut wir können«, sagte Kári. »Ich kann mir einfach nicht vorstellen, dass Eilífur etwas angetan wurde.«

»Hoffen wir, dass er eines natürlichen Todes gestorben ist«, sagte Hulda. »Möglicherweise brauchen wir die Gästezimmer noch etwas länger als geplant.«

»Natürlich«, sagte Cerise. »Es ist so unvorstellbar, dass jemand ein kleines Kind raubt. Wir helfen Ihnen, so gut wir können.«

Es gab noch immer keinen Strom und keine Telefonverbindung. Hulda fühlte sich wie eine Gefangene in der Vergangenheit oder in einer düsteren Welt, in der nichts so war, wie es schien. Wem konnte sie hier wirklich vertrauen, außer Álfrún?

Ísak hatte kein Interesse gehabt, die Schattengestalt zu verfolgen. Stattdessen hatte er sie ins Anglerhaus geführt und überall Fingerabdrücke hinterlassen. Sie musste mit ihm reden, aber nicht sofort, und am liebsten auch nicht in Gegenwart von Álfrún.

Zunächst fuhren die beiden Polizistinnen zu Vala und Óskar, der ihnen die Tür öffnete.

»Hulda, hallo«, sagte er freundlich. »Vorhin habe ich einen Polizeiwagen vorbeifahren sehen, ich meine, es war Skarphéðinn. Ist bei Eilífur etwas passiert?«

Es war naheliegend, dass Óskar diesen Schluss zog. Hinter dem Haus von Vala und Óskar wohnte nur noch Eilífur. Das Anglerhaus lag südlicher, und Ísak lebte nördlich von den beiden. Daher war es völlig klar, dass die Polizisten zu Eilífur gefahren waren.

Und ebenso klar war, dass die Person, die Hulda und Ísak in der Nacht gesehen hatte, in die Richtung gelaufen war, in der Vala und Óskar und eben Eilífur wohnten.

»Er ist leider diese Nacht gestorben.«

»Es war wohl an der Zeit«, sagte Óskar, den diese Neuigkeit nicht groß aufzuwühlen schien. »Ein alter Mann, der zu viel getrunken hat.«

»Könnten wir kurz reinkommen und mit Ihnen sprechen?«

Óskar zuckte mit den Achseln.

»Sie sind herzlich willkommen. Ich kann Ihnen aber leider nichts anbieten außer Wasser und warmer Cola. Vala ist oben, ich hole sie«, sagte er und lächelte.

Er führte sie ins Wohnzimmer und verschwand.

»Hier fühle ich mich jedenfalls wohler als bei dem alten Eilífur«, sagte Álfrún. »Hier liegt zumindest kein Toter rum.«

»Hoffen wir's«, seufzte Hulda.

In diesem Moment kam Vala ins Wohnzimmer. Óskar folgte ihr.

»Óskar hat mir von Eilífur erzählt. Mensch, das ist wirklich traurig. Wir müssen irgendetwas Schönes für ihn machen. Der Mann hatte niemanden, und zu seiner Beerdigung werden sicher nicht viele kommen. Aber sie wird trotzdem schön werden. Óskar, du spielst etwas und singst, Schatz.«

Óskar nickte. »Manchmal hole ich die Gitarre raus«, sagte er und zeigte seine schiefen Zähne, als er lächelte.

»Sie waren mal richtig bekannt, oder?«, fragte Hulda. »Haben sehr beliebte Lieder rausgebracht. Stimmt's?« Sie interessierte sich nicht für die Antwort, aber genau so würde es Álfrún machen, die Stimmung ein bisschen auflockern.

Óskar lachte. »Das wissen nur noch wenige. Vor fünfzehn Jahren hatte ich meinen letzten öffentlichen Auftritt, kurz nach der Geburt unserer Tochter.« Nach einer kleinen Pause fügte er hinzu: »Ich habe meine Vala bei einer Tanzveranstaltung kennengelernt, bei der ich gespielt habe. Wie ein Engel stand sie plötzlich vor mir. Ich glaube, sie hat sich zuerst in meine Musik verliebt, und dann erst in mich.«

Vala errötete, sagte aber nichts.

Óskar redete weiter: »Vala, Schatz, du kümmerst dich um die Beerdigung, ja?« Dann sah er Hulda an. »Sie hilft manchmal in der Kirche mit, alles ehrenamtlich. Sie hat einen Draht nach da oben.« Er lächelte.

»Man muss seinen Teil beitragen«, sagte Vala schüchtern. »Wie lästig dieser Stromausfall doch ist. So langsam sollten sie das mal wieder in Ordnung bringen.«

»Sie arbeiten daran, habe ich heute früh in den Nachrichten gehört«, sagte Óskar zu seiner Frau. Dann wandte er sich wieder den Polizistinnen zu. »Ich habe ein Radio, das mit Batterien läuft. So etwas braucht man auf dem Land.«

»Glauben Sie, er ist im Schlaf gestorben?«, fragte Vala.

»Danach sieht es aus.«

»Wann können wir ihn wohl beerdigen?«

»Gute Frage«, sagte Hulda. »Ich denke, dass er obduziert wird, das braucht seine Zeit, aber ...«

»Eine Obduktion? Wozu denn das?«, hakte Óskar nach.

»Es sterben laufend alte Leute.«

»Es gibt noch einige offene Fragen«, antwortete diesmal Álfrún. »Zum Beispiel, ob ebendieser alte Mann ein Kind geraubt hat.«

Hulda schnappte nach Luft. Dennoch ließ sie Álfrún machen. Óskar und Vala wirkten völlig perplex.

»Ein Kind geraubt?«, wiederholte Óskar.

»Können Sie das ausschließen?«

»Welches Kind?«, fragte Vala leise.

»Wir haben nichts in der Hand, aber vor zwanzig Jahren ist ein Kind verschwunden. Eilífur könnte damit zu tun gehabt haben.«

»Sind Sie deshalb hergekommen?«, fragte Óskar.

Álfrún nickte.

»Hat er sich womöglich das Leben genommen?«

»Er ist gestorben, belassen wir es vorerst dabei«, sagte Álfrún, und Hulda beobachtete gespannt, wie sie dieses Spielchen wohl zu Ende bringen würde.

»Ich wiederhole die Frage meiner Frau: Welches Kind?« Dann sagte Óskar: »Doch wohl nicht der Säugling, der vor vielen Jahren verschwunden ist, wo war das noch gleich …?«

»Háagerði«, antwortete Álfrún.

»Ach ja, genau. Geht es darum?«

»Wir wissen es nicht. Sie erinnern sich an den Fall?«

»Natürlich. So etwas vergisst man nicht«, brummte er mit finsterem Blick.

»Vermutlich haben Sie heute Nacht nichts Ungewöhnliches bemerkt?«

»Wir haben geschlafen«, antwortete Vala knapp.

»Es wurde ins Anglerhaus eingebrochen.«

»War das Eilífur?«

Jetzt schaltete sich Hulda ein. »Wäre er dazu in der Lage gewesen?«

»Er hatte seine alte Karre, aber ich weiß nicht, wann er zuletzt damit gefahren ist«, sagte Óskar. »Er war noch relativ mobil, aber ich kann mir nicht vorstellen, dass er nachts herumgelaufen und irgendwo eingebrochen ist. Es sei denn ...«

Hulda wartete.

»Es sei denn, er hat es tatsächlich getan und ist dann vor Erschöpfung zu Hause zusammengebrochen.«

Diese Möglichkeit war Hulda noch gar nicht in den Sinn gekommen, und es ärgerte sie, dass der Bauer sie erst darauf stoßen musste.

»Lesen Sie viele Krimis, Óskar?«

Er lachte. »Es kommt vor, dass ich ein Buch von Agatha Christie aufschlage. Oder von Alistair MacLean. Manchmal schreibe ich auch selbst – keine Kriminalgeschichten, sondern dies und das –, und hin und wieder spiele ich wie gesagt Gitarre.«

»Wir werden ihn vermissen, den alten Eilífur«, schob Vala ein. »Sie haben ihn nicht kennengelernt. Er hatte niemanden außer uns, uns Nachbarn, meine ich. Falls er etwas getan hat, etwas Böses, müssen wir ihm vergeben, auch wenn es schwerfällt. Der Ärmste.«

War Álfrúns Überlegung vielleicht die Lösung des Rätsels? Hatte der Sonderling Eilífur dieses furchtbare Verbrechen begangen? Was war dann aber aus dem Kind geworden?

Das fragte sich auch Óskar: »Wo ist dann das Kind?«

»Wir wissen es nicht, noch nicht«, sagte Álfrún. »Aber wir werden es herausfinden. Hoffentlich.«

XX

»María, wohin des Weges?«, fragte Hulda.
María kam ihnen auf der Einfahrt zu Valas und Óskars Haus entgegen. Zu Fuß, warm gekleidet, mit dicker Wollmütze. Ihr Blick passte zum eisigen Wetter.
»Ich habe die Polizeifahrzeuge gesehen und dachte, dass etwas passiert sein muss. Telefonieren kann ich ja nicht. Was ist denn los? Hätte ich doch nichts gesagt, ich hätte bloß niemals ...«
»Eilífur ist gestorben, und es wurde ins Anglerhaus eingebrochen. Ich weiß noch nicht, wie das alles zusammenhängt und ob ...«
»... ob es mit mir zu tun hat, damit, dass ich mich eingemischt habe, meinen Sie? Natürlich hat es das. Warum sollte jemand ins Anglerhaus einbrechen, ausgerechnet jetzt? Und ich habe gestern vergessen zu sagen, dass Eilífur von dem Teddy gesprochen hat, er ...«
María verstummte, und es sah kurz so aus, als ob sie das Gleichgewicht verlieren würde. Hulda fing sie ab, stützte sie.
»Kommen Sie, ich begleite Sie zum Haus.«

»Nein, nein, ist schon in Ordnung. Ich …«

»Dann bringen wir Sie zurück nach Hause.«

»Ja, das würde ich gern annehmen. Ich will mich etwas hinlegen.«

Sie setzten sich in den Wagen.

»Wollen Sie denn gar nicht wissen, was Eilífur gesagt hat?«, fragte María, als sie über den groben Schotterweg rumpelten.

»Ich weiß es schon«, sagte Hulda. »Ísak hat es mir gestern erzählt.«

»Irgendwie habe ich das ganz vergessen, in all der Aufregung. Tut mir leid, ich …«

»Aber wusste er auch, wem der Teddy gehörte? Bisher gibt es keine direkte Verbindung zu seinem Tod.«

»Puh«, sagte María, mehr nicht. Sie fuhren schweigend.

»Inzwischen wissen die anderen, weshalb wir hier sind«, sagte Hulda, als sie vor Marías Haus hielten. »Im Großen und Ganzen jedenfalls. So sieht es aus. Die Lage hat sich zugespitzt, und wir müssen versuchen, die Person zu finden, die das Kind entführt hat.«

»Ja, natürlich«, sagte María. »Wissen die anderen auch schon, dass ich es war, die die Polizei informiert hat?«

»Nein, noch nicht. Das spielt im Moment keine Rolle.«

»Danke. Ich bin hier auch so schon unbeliebt genug.«

Hulda sagte nichts dazu.

»Kommen Sie vorbei, wenn Ihnen noch irgendetwas einfällt? Wir sind noch am selben Ort.«

»Natürlich.«

»Wer, glauben Sie, ist es gewesen?«, fragte Álfrún. »Im Anglerhaus, mit dem Teddy?«

»Darüber habe ich mir auch schon den Kopf zerbrochen. Ich weiß es nicht. Ich finde das alles so merkwürdig.«

»Die Großeltern des Jungen wohnen hier ganz in der Nähe«, sagte Hulda. »Wussten Sie das?«

»Nein, das höre ich zum ersten Mal. Das ist ja ein sonderbarer Zufall.«

»Das finde ich auch. Guðbergur und Oddrún haben ein Sommerhaus in Blönduós.«

»Direkt im Ort?«

»Ja, ein altes grün-weißes Holzhaus.«

»Ah ja. Ich kenne das Haus. Ein bekanntes Haus, es hat seinerzeit einem alten Kaufmann gehört. Ich wusste bloß, dass es nach seinem Tod an ein Ehepaar aus Reykjavík verkauft wurde.«

»Wann war das?«

»Lassen Sie mich überlegen ... Das müsste ungefähr fünfzehn Jahre her sein.«

»Also fünfundsechzig?«

»Ja, ich glaube schon, vierundsechzig oder fünfundsechzig.«

Vier oder fünf Jahre nach Verschwinden des Kindes.

»Hulda?«, fragte María von der Rückbank.

»Ja?«

»Hulda, glauben Sie, ich bin in Gefahr?«

Hulda dachte an den Tod von Eilífur, ungeklärt und unheimlich. Es fiel ihr schwer, diese Frage zu beantworten.

XXI

Hulda und Álfrún hatten das Team aus Reykjavík begrüßt und sie über den Stand der Dinge aufgeklärt. Ein Rechtsmediziner war auch mitgekommen, und Hulda hoffte auf einige schnelle Erkenntnisse, sodass sie nicht erst auf die Ergebnisse der Obduktion warten mussten.

Das Wetter zeigte sich freundlicher als gestern, nachdem das Unwetter weitergezogen war, aber dennoch lag der Tod in der Luft und beschattete alles andere. Und irgendwo verbarg sich ein kleiner Junge, der vor zwanzig Jahren verschwunden war. Hulda hatte das Gefühl, ihm dicht auf der Spur zu sein, oder zumindest wichtigen Hinweisen auf sein Schicksal. Das Rätsel wirkte lösbar, möglicherweise standen sie kurz vor der Aufklärung.

Hulda hatte Álfrún gebeten, das Team aus Reykjavík zum Anglerhaus zu begleiten. Sie selbst wollte zu Ísak, lief gemächlich zu seinem Haus hinüber und atmete tief die kalte Luft ein. Sie hatte keine Eile, jetzt konnten sie nur noch abwarten. Ísak war die letzte Person, mit der sie nach Eilífurs Tod noch sprechen musste, abgesehen von Oddi, der immer noch nicht wiederaufgetaucht war.

Ísak empfing sie mit einem Lächeln, öffnete die Arme und drückte sie fest an sich.

»Ist alles in Ordnung?«, fragte er. »Ich habe gehört, dass Eilífur tot ist.«

Sie fühlte sich wohl bei ihm, fast zu wohl. Wieder überkam sie das Gefühl, dass sie hier zu Hause war.

»Ja, alles in Ordnung. Vielleicht war seine Zeit gekommen.«

»Ausgerechnet in dieser Nacht?«

»Warum nicht?«

»Das glaube ich kaum, Hulda. Irgendetwas geht hier vor sich, das weißt du genauso gut wie ich.«

»Das ist ... schon alles ziemlich merkwürdig, da stimme ich dir zu.«

Nach einem kurzen Schweigen sagte Ísak mit einem leichten Zögern in der Stimme: »Über eine Sache habe ich nachgedacht ...«

»Ja?«

»Könnte es sein, dass Eilífur einfach zu viel wusste?«

Hulda sagte nichts. Sie wusste genau, was Ísak dachte.

»Du hast mir von dem Teddy erzählt – möglicherweise wusste Eilífur, wer ihn im Anglerhaus verloren hatte, verstehst du?«

»Ja, ich weiß«, antwortete Hulda.

»Was denkst du? Dieser Mann, den wir in der Nacht gesehen haben, er ist in diese Richtung gelaufen, verstehst du? Zu Eilífur, oder ...«

»Da hast du recht, Ísak.«

»Das würde bedeuten, dass das Verbrechen – das Verbrechen von damals – ein schweres gewesen sein muss.«

»Du meinst, jemand hat einen Menschen getötet, um nicht aufzufliegen?«

»Ja, genau.«

»Es ist ein schweres Verbrechen, ein Kind zu rauben.«

»Ja, natürlich, ich meinte damit vielleicht eher ...«

»... dass das Kind getötet wurde?«

Ísak nickte.

Das sah Hulda nicht unbedingt so. Eine Kindesentführung war in jedem Fall ein schweres Verbrechen, und ganz gleich, ob das Kind tot war oder noch lebte, wollte der Täter mit Sicherheit auch viele Jahre später nicht auffliegen. Vielleicht hatte er inzwischen eine eigene Familie gegründet und wollte verhindern, dass seine Kinder die Wahrheit erfuhren.

»Vielleicht«, sagte sie. »Wir hätten ihn verfolgen müssen.« Jetzt redete sie schon wie Ísak, ging automatisch davon aus, dass die Gestalt im Dunkeln ein Mann gewesen war. Dabei gab es dafür keinerlei Anhaltspunkte.

Ísak sagte nichts, daher fragte Hulda noch einmal direkter: »Warum haben wir das nicht getan?«

»Wir konnten nicht ahnen, was los war«, sagte er entschieden. »Wir wissen es immer noch nicht. Vielleicht wurde niemand umgebracht, und das einzige Verbrechen war, dass jemand in ein altes Anglerhaus eingebrochen ist.«

»Hast du eine Ahnung, wer es gewesen sein könnte?«

»Ich? Nein, ich weiß es nicht.«

»Dein Bruder ist verschwunden«, sagte Hulda und beobachtete seine Reaktion.

»Der verschwindet ständig«, sagte Ísak. Er wirkte weder erstaunt noch wütend. »Vielleicht war ich gestern nicht deutlich genug, was Orri angeht. Manchmal bezweifle ich, dass ihm noch zu helfen ist. Er verfällt immer wieder dem Alkohol, und dann nimmt er auch noch diese Pillen. Manchmal fährt er nach Reykjavík oder Akureyri, und wir hören tagelang nichts von ihm. Im Moment soll er in Blönduós sein, bei irgendeinem Mädchen. Ich kann mir die Namen nicht merken, er wechselt ständig seine Freundinnen. Wir sind wirklich grundverschieden. Ich werde mich für eine Frau entscheiden, für eine Frau, die ich sorgfältig wählen werde«, sagte er, und Hulda hatte den Eindruck, dass sich sein Blick bei den letzten Worten veränderte, dass etwas Unausgesprochenes in der Luft lag.

»Sorgst du dich um ihn?«

»Natürlich mache ich mir Sorgen, wir alle. Wir haben alles Mögliche versucht. Manchmal kommt er nach Hause und bleibt mehrere Wochen bei Cerise und Papa, alles scheint gut, Cerise ist glücklich, und wir hoffen, dass er das alles hinter sich gelassen hat. Orri ist nicht auf den Kopf gefallen, manchmal glaube ich sogar, dass er schlauer ist als ich, dabei hat er noch nicht einmal die weiterführende Schule beendet. Unsere Eltern trinken wenig, ich genehmige mir ab und zu mal ein Schlückchen, in netter

Gesellschaft, wie gestern Abend, aber Orri hat das einfach nicht im Griff.«

»Was glaubst du, wo er ist?«

»Willst du andeuten, dass er ins Anglerhaus eingebrochen ist, Hulda?«

Sie zuckte mit den Achseln.

»Und Eilífur getötet hat? Sie waren Freunde. Er war für uns Brüder wie ein Opa, ein alter Verwandter, war immer lieb zu uns. Orri hätte ihm niemals etwas angetan. Er würde niemandem etwas antun. Er geht schlecht mit sich selbst um, aber nicht mit anderen.«

»Könnte er eingebrochen sein, um nach Alkohol zu suchen?«

»Das ist nicht ausgeschlossen, theoretisch, aber du weißt ja, dass er gestern nicht hier war. Er ist in Blönduós und ...«

»Er hätte herfahren können«, wandte Hulda ein.

»Möglich, aber wo war dann das Auto? Wieso war die Person zu Fuß unterwegs?«

»Ich überlege nur laut ...«

»Mein Bruder ist ein lieber Kerl, hat ein gutes Herz. Mit Sicherheit hat er hin und wieder wegen seiner Sucht gestohlen, aber er würde keiner Fliege etwas zuleide tun. Das kannst du mir glauben.«

»Hilfst du mir, ihn zu finden?«

»Ja, sicher. Ich finde ihn immer. Vermutlich hat er einfach nur bei einer anderen übernachtet, so ist es meist.« Er musterte Hulda. »Du siehst müde aus.«

»Ich bin müde. Wir waren gestern lange auf, die Nacht war kurz, und ich hatte einen anstrengenden Tag. Und der ist noch längst nicht vorbei.«
»Leg dich doch einen Moment hin. Du kannst dich hier auf dem Sofa ausruhen, ich koche uns Kaffee«, sagte er, und erst jetzt fiel ihr auf, dass es wieder Strom gab. Obwohl es draußen hell war, brannte im Wohnzimmer Licht.
»Wir haben also wieder Strom?«
»Ja, seit gerade eben. Auch die Telefonverbindung steht wieder.«
Dann konnte sie Jón anrufen. Nicht jetzt, aber später. Ihn wollte sie nicht hören, aber ihre geliebte Dimma.
»Ich weiß nicht, ob ich mich einfach ...«
»Zehn Minuten kannst du dich doch wohl mal entspannen, Hulda. Wissen sie, wo du bist?«
»Ja, ich habe Álfrún Bescheid gesagt.«
»Dann rufen sie an, falls etwas sein sollte.«
»Wahrscheinlich.«
Und sie legte sich aufs Sofa, schloss die Augen, spürte, wie die Müdigkeit sie überrollte, fühlte sich, als ob sie schwebte. Der Fall war vergessen. Für einen kurzen Moment waren ihr der kleine Junge und der alte Mann egal. Sie stand an einem Wendepunkt, das wurde ihr mit einem Mal klar. In der Stadt warteten Jón und Dimma und eine Zukunft, die festgelegt und zugleich offen war, der Alltag im Wohnblock und vielleicht später ein eigenes Haus, aber ganz bestimmt nicht ihr Traumhaus. Und hier auf dem Land war Ísak, ein Mann, dem sie gerade erst begegnet

war, zu dem sie eine so starke Verbindung spürte. Ein Teil von ihr wollte einen Neuanfang wagen – natürlich mit Dimma – und diesen Mann besser kennenlernen, mit ihm die Berge erkunden, hier auf seinem Sofa liegen und träumen, nicht nur heute, sondern immer.

XXII

»Hulda? Hulda!«

Wie aus weiter Ferne drangen die Worte in ihren Traum. Sie hatte von Dimma geträumt, die von Dunkelheit umgeben war, als befände sie sich in Gefahr, doch Hulda gelangte nicht zu ihr. Umso erleichterter war sie, aufzuwachen und zu wissen, dass es nur ein Traum gewesen war. Dimma war in Sicherheit, zu Hause bei ihrem Vater. Alles, wie es sein sollte, doch Hulda brauchte einen Moment, bis ihr klar wurde, wo sie selbst sich befand. Die Stimme klang freundlich und bekannt, und dann sah sie Ísak und erinnerte sich daran, dass sie auf seinem Sofa eingeschlafen war.

Er legte sanft eine Hand auf ihre Schulter und sagte: »Álfrún hat angerufen. Sie wollte wissen, wo du bist. Ich habe ihr gesagt, dass du gerade aufbrechen wolltest.« Er lächelte. »Dass du eingenickt bist, habe ich nicht erwähnt.«

»Puh.« Sie blieb noch einen Moment liegen, und als Ísak seine Hand von ihrer Schulter nahm, setzte sie sich auf. »Habe ich lange geschlafen?«

»Nicht zu lange. Angemessen, würde ich sagen. Fühlst du dich besser?«

»Ich weiß nicht, doch, wahrscheinlich schon. Ich muss erst mal richtig wach werden.«

»Ich konnte noch nie gut Mittagsschlaf halten, aber mein Bruder legt sich nachmittags immer hin und schläft sofort ein. Darum beneide ich ihn.«

Er sprach sehr liebevoll von seinem Bruder, vielleicht schwang auch eine gewisse Wehmut mit, denn Orri schien sich in den letzten Jahren sehr verändert zu haben.

»Normalerweise schlafe ich tagsüber auch nicht. Ich war einfach fix und fertig.«

»Du hast sehr schön geschlafen«, sagte er dann. »Ganz friedlich.«

Sie wusste nicht, wie sie darauf reagieren sollte, genierte sich. Schließlich stand sie auf. »Ich sollte mich beeilen. Warten sie auf mich?«

»Es klang so. Der Arzt will wohl mit dir reden.«

»Ja, gut. Wir sehen uns später, Ísak. Versuchst du, deinen Bruder zu erreichen? Ich muss mit allen sprechen, die bei der Zusammenkunft im Anglerhaus dabei waren, schon allein der Form halber, verstehst du?«

»Verstehe. Mein Bruder hat das Kind nicht geraubt, das weiß ich sicher, daher macht mir das keine Sorge. Ich hoffe bloß, dass er nicht ins Anglerhaus eingebrochen ist auf der Suche nach Geld.«

Sie umarmte Ísak und trat in die Kälte hinaus, lief zügig zum Hof von Kári und Cerise.

Vor dem Haus wartete bereits Jónas, der Rechtsmediziner. Er stand kurz vor dem Ruhestand, ein schlanker Mann mit einer großen Brille auf der Nase, das Haar voll grauer Strähnen, aber dicht. Er war einer der wenigen, die nicht abweisend reagiert hatten, als Hulda bei der Polizei eingestiegen war, er hatte ihr keine Steine in den Weg gelegt, sondern sie an der Hand genommen und ihr viel beigebracht.

»Wie geht es dir, Hulda? Wie ist dein Eindruck?«, fragte er.

»Ich weiß es nicht. Irgendwer lügt mich an, so viel steht fest.«

»Danach sieht es aus«, sagte er und fügte mit verschmitztem Blick hinzu: »Ich habe mir den alten Herrn kurz angesehen. Ein richtiger Einsiedler. Wusstest du, dass sein Großvater Künstler war? Ein bekannter Maler hier im Norden.«

Hulda schüttelte den Kopf und wartete darauf, dass Jónas zur Sache kam.

»Im Wohnzimmer hängen Bilder von ihm, zwei tolle Gemälde. Wem sie wohl gehören? Solche Werke sind viel Geld wert. Sammelst du Kunst, Hulda?«

»Noch nicht. Erst müssen wir uns ein anständiges Haus kaufen.«

»Richtig, richtig.« Ein kurzes Schweigen in der Kälte, dann sagte er: »Ich muss die Leiche natürlich noch obduzieren, und du weißt ja, man sollte vorher nicht zu viele Vermutungen anstellen, aber …«

»Ich muss nur wissen, ob es einen Anlass gibt, diesen Todesfall weiter zu untersuchen oder nicht.«

»Richtig. Unter uns gesagt …«, Jónas beugte sich vor und raunte ihr leise zu: »Unter uns gesagt, glaube ich, dass der Mann ermordet wurde, dass er erstickt ist. Genaueres wird sich noch zeigen.«

Diese Information überraschte Hulda nicht sonderlich, auch wenn sie das vielleicht hätte tun sollen. Sie musste an Marías Frage denken, ob sie sich in Gefahr befand. Inzwischen konnte Hulda das nicht mehr ausschließen. Jemand war nachts in Eilífurs Haus eingedrungen und hatte ihn getötet.

In diesem Moment entschied sie, keine weitere Nacht bei Kári und Cerise zu verbringen. Sie und Álfrún würden versuchen, so viel wie möglich bis zum Abend zu erledigen, und dann durch die Nacht nach Hause fahren.

Hulda stand mit dem Rücken zum Haus, und auf einmal tippte sie jemand von hinten an.

Sie erschrak, warf einen Blick über ihre Schulter und sah Kári.

»Entschuldigen Sie, ich wollte Sie nicht erschrecken.«

Hatte er das Gespräch zwischen Jónas und ihr mit angehört? Wohl kaum. Das hätte Jónas bemerkt und ihr Bescheid gesagt.

Hulda wusste, warum sie so erschrocken war: Mit einem Mal standen alle Bewohner des Tals unter Mordverdacht. Bis dahin hatte es nur vage Hinweise darauf gegeben, dass irgendwer von ihnen mit einem Kindesraub zu tun hatte, direkt oder indirekt, vielleicht auch nur zufällig, doch nach der ersten Einschätzung des Arztes sah das nun ganz anders aus.

Sie drehte sich um. »Nein, nein, schon gut. Wir waren hier gerade fertig.«

»Die Telefonverbindung steht wieder, wussten Sie das schon?«

»Ja.«

»Es kamen zwei Anrufe für Sie. Normalerweise klingelt das Telefon nie, aber Sie scheinen eine gefragte Person zu sein.«

»Zwei Anrufe?«

»Ja, ich habe sie entgegengenommen. Der erste Anruf kam von Ihrem Mann. Er wollte Sie kurz sprechen, meinte aber auch, dass es nicht dringend sei. Und dann hat noch der Abgeordnete Davíð Stefánsson angerufen. Nicht meine Partei, aber der Mann ist in Ordnung. Er hat seine Telefonnummer hinterlassen, ich habe sie auf einem Zettel notiert, der beim Telefonbuch liegt.«

»Was wollte er?«, fragte Hulda erstaunt.

»Das hat er mir nicht verraten, aber ich hatte das Gefühl, dass er Sie dringender sprechen wollte als Ihr Mann.« Er lächelte. »Sie können unser Telefon frei nutzen, Hulda, kein Problem.«

»Vielen Dank.«

Sie wandte sich wieder dem Arzt zu, der geduldig gewartet hatte.

»Gab es sonst noch etwas?«, fragte sie.

»Nein, ich denke, ich fahre jetzt wieder zurück«, sagte er mit sorgenvollem Blick. »Sei vorsichtig, Hulda – ihr beide. Du bist natürlich die Expertin auf diesem Gebiet, aber irgendwie gefällt mir die Sache hier nicht.« Er ließ den Blick über den Hof schweifen, als sähe er überall Gespenster.

»Mir auch nicht, wenn ich ehrlich bin«, sagte Hulda. Dann eilte sie ins Haus.

Als Erstes rief sie den Abgeordneten an. Er ging sofort ran, als ob er auf ihren Rückruf gewartet hätte.

»Hulda, vielen Dank, dass Sie zurückrufen, schön, Sie zu hören.« Er klang besonders freundlich, als wollte er sich einschmeicheln. »Wie ist es da oben im Norden? Nicht mein Wahlkreis, aber wir müssen dieses Kraftwerk ans Laufen bringen, das ist von nationalem Interesse.«

»Die Meinungen zu dem Projekt gehen hier ganz schön auseinander, einige wollen die Natur schützen, andere ...«

»Es gibt genug Natur, mehr als genug. Wie läuft's denn, haben Sie schon etwas herausgefunden?«

»Nichts Entscheidendes, nein. Heute Nacht ist hier ein Mann gestorben, das versuchen wir gerade einzuordnen. Ein alter Mann, er ist im Schlaf gestorben.«

»Schlechtes Timing, aber so ist es manchmal.«

»Tja.«

»Ich habe gehört, Sie haben meine Freunde besucht, Guðbergur und Oddrún«, sagte er in demselben freundlichen Ton, doch Hulda hatte das Gefühl, dass er damit beim eigentlichen Grund für seinen Anruf angelangt war.

»Ich habe nur Guðbergur angetroffen, seine Frau hat geschlafen.«

»Ah ja.«

»Ich wusste nicht, dass sie hier in der Gegend ein Haus haben. Ihnen war das sicher bekannt, oder?«

»Mir? Nein, das wusste ich auch nicht. Guðbergur hat mich vorhin angerufen. Sie sind wohl in einem Haus in Blönduós.«

»Ja. Und er hat Sie angerufen?«

»Die beiden sind alt geworden, Hulda, und sie haben viel durchgemacht, wie Sie sich vorstellen können. Solche Wunden verheilen nicht.«

»Ich weiß. Ich habe großes Mitgefühl mit ihnen.«

»Ich auch. Ich möchte Sie um einen Gefallen bitten, Hulda ...«

»Ja?«

»Belästigen Sie die beiden nicht mehr. Sie schleppen diesen Verlust seit zwanzig Jahren mit sich herum, und sie ertragen nicht mehr viel. Oddrún ist krank, und Guðbergur fühlt sich seit Ihrem Besuch schlecht. Sie wissen nichts, und es hilft nicht weiter, sie auf ihre alten Tage wieder damit zu behelligen. Sind wir uns da einig?«

Wieder einmal sollte Hulda dem Befehl eines Mannes gehorchen, eines älteren Mannes. Am vernünftigsten wäre es wohl, ihm einfach zuzustimmen, ob sie sich daran halten würde oder nicht.

»Wir werden sehen«, sagte sie stattdessen. »Wenn es sein muss, werde ich sie kontaktieren, aber hoffentlich wird das nicht nötig sein. Die Ermittlungen haben Vorrang, das werden Sie verstehen.«

Davíð antwortete nicht sofort.

»Ich rate Ihnen, meine Bitte zu befolgen«, sagte er schließlich. Offenbar war der Mann es gewohnt, seine Anliegen durchzusetzen.

»Wo ich Sie schon mal am Telefon habe, Davíð – darf ich Sie etwas fragen?«

»Sicher«, brummte er.

»Andrea Sturludóttir – sagt Ihnen der Name etwas?«

»Andrea wie? Nein, sagt mir nichts.«

»Die Ex-Freundin von Atli. Sie wohnt offenbar im Ausland, ich habe sie noch nicht kontaktiert. Haben Sie damals untersucht, ob sie mit der Sache zu tun hatte?«

»Ich denke nicht. Daran kann ich mich nicht erinnern. Wir haben nicht alle Leute herbeizitiert, die mit Atli und Emma das Bett geteilt haben«, sagte er barsch.

»Danke. Gibt es sonst noch etwas, Davíð?«

»Nein«, sagte er und legte ohne Abschiedsgruß auf.

Das unangenehme Gespräch wirkte noch in Hulda nach.

Guðbergur hatte den Abgeordneten – seinen Parteifreund – angerufen und gebeten, sich einzuschalten. War Guðbergur Hulda und ihre Fragen bloß leid, oder hielt die Familie irgendwelche wichtigen Informationen zurück? Und falls Guðbergur etwas verbarg, galt dasselbe dann auch für Atli?

In diesem Moment fasste sie den Entschluss, dafür zu sorgen, dass Atli noch heute hierher zu ihnen in den Norden kommen würde.

Sie hatte das Gefühl, dass das nicht mehr warten konnte. Also rief sie Sölvi an. Der wirkte, als ob er nur halb bei der Sache wäre, doch schließlich erklärte er sich bereit, jemanden zu Atli zu schicken, der ihn nach Blönduós fahren sollte.

Hoffentlich ließ er sich darauf ein.

XXIII

Ihren Mann hatte Hulda nicht erreicht, weder zu Hause noch bei der Arbeit, und Dimma war vermutlich noch in der Schule.

Vielleicht war es aber auch gar nicht so wichtig, mit den beiden zu sprechen, da sie ja schon am Abend nach Hause fahren würde. Sie hatte noch einen langen Tag vor sich, und vielleicht würde sie später noch einmal herkommen müssen, doch heute Nacht wollte sie definitiv in ihrem eigenen Bett schlafen.

Außerdem musste sie mit Jón darüber sprechen, wie es mit ihnen weitergehen sollte. Sie hatten sich definitiv auseinandergelebt, und an ihrem Traumhaus auf Álftanes schien er auch kein Interesse zu haben. Und jetzt hatte sie hier auf dem Land Ísak kennengelernt, einen Mann, der all das verkörperte, was Jón nicht war und was Hulda in ihrem Leben fehlte.

Gerade saß sie für eine kurze Lagebesprechung bei Álfrún auf der Bettkante.

»Wenn Eilífur getötet wurde, fahren wir nirgendwohin«, sagte Álfrún mit Nachdruck. Hulda hatte ihr von ihrem Gespräch mit dem Rechtsmediziner, von dem Telefonat mit Davíð und von dem Besuch bei Atlis Schwiegervater berichtet. »Das geht nicht. Wir stecken mitten in einem Mordfall. Das ist mein allererster Mord, den kann ich mir nicht entgehen lassen.«

»Ja, und genau deshalb sollten wir nicht bei Leuten übernachten, die unter Verdacht stehen. Wir müssen eine gewisse Distanz wahren. Das siehst du doch ein, oder?«

»Dann fahren wir nach Blönduós. Da wird es sicher ein Hotel geben oder eine andere Übernachtungsmöglichkeit.«

»Zweifellos, ja, aber ...« Hulda wusste, dass Álfrún recht hatte, aber sie konnte auf keinen Fall nachgeben. Sie traf hier die Entscheidungen, nicht die Neue.

Álfrún ließ nicht locker. »Na schön, halte du es, wie du willst, aber ich bleibe hier.«

Sie war wirklich durchsetzungsstark, das musste Hulda ihr lassen.

»Wir werden sehen«, sagte Hulda zögerlich. »Warten wir ab, wie es sich entwickelt.«

»Dann hast du ja wahrscheinlich, du weißt schon, den Mörder gesehen«, überlegte Álfrún, und es versetzte Hulda sofort einen Stich.

»Ja, vielleicht. Ich habe jemanden gesehen, aber mehr auch nicht.«

»Jemanden auf dem Weg zu Eilífur.«

»Oder zu Vala und Óskar. Ihr Haus liegt vor dem von Eilífur.«

»Unwahrscheinlich, aber ja. Wer, glaubst du, war es?«

»Was glaubst du?«

»Ich kann mir eigentlich gar nicht vorstellen, dass jemand hier aus dem Tal so etwas getan hat ... außer vielleicht Ísak, er ist jung, stark und ...«

Hulda stockte der Atem. Also hatte Álfrún sie beide gesehen, sie und Ísak. Offenbar wollte sie – bewusst oder unbewusst – Hulda aus der Reserve locken.

»Ísak, ja«, sagte sie ganz ruhig. »Ich sehe aber nicht, was er mit dem Verschwinden des Jungen zu tun haben könnte.«

»Vielleicht hat es gar nichts mit dem Kindesraub zu tun. Hier gibt es auch andere Streitigkeiten, denk nur an das Kraftwerk. Und wer erbt eigentlich Eilífurs Land?«

Hulda zuckte mit den Achseln. »Keine Ahnung, wir werden es herausfinden. Es kommt mir etwas weit hergeholt vor, dass jemand einen Mord begeht wegen der Fangrechte oder des Kraftwerks oder ...«

»Hat es alles schon gegeben.«

Da hatte Álfrún nicht ganz unrecht.

»Wir müssen mit seinem Bruder reden«, warf Hulda ein, um nicht länger über Ísak reden zu müssen. »Orri ist nicht auffindbar. Das hatte ich ganz vergessen zu erwähnen.«

»Nicht auffindbar?«

»Er führt wohl ein ziemliches Lotterleben, aber Ísak will ihn für mich aufspüren.«

»Glaubst du, er ist es gewesen? Orri, meine ich?«

»Na ja, er ist zumindest ein wahrscheinlicherer Kandidat als Ísak, oder?«

»Das sagst du nur, weil du in ihn verknallt bist.«

»In wen?«

»Jetzt tu nicht so, Hulda. In Ísak natürlich. Ich habe euch gestern Abend gesehen und ...«

»Es steht dir nicht zu, so zu reden, Álfrún. In keiner Weise. Ich habe keinerlei Interesse an dem Mann, und ich möchte nicht, dass du ...«

»Okay, okay, bleib ruhig. Wir finden den kleinen Bruder und ...«

»Außerdem ist Atli hoffentlich auf dem Weg hierher.«

»Atli? Wieso das?«

»Ich habe Sölvi gebeten, ihn herbringen zu lassen. Ich habe das Gefühl, dass alle Fäden an diesem Ort zusammenlaufen, und wenn die Lösung des Rätsels wirklich hier zu finden ist, will ich Atli dabeihaben.«

»Glaubst du, der Junge lebt noch?«, fragte Álfrún unvermittelt.

»Der Junge? Nein«, antwortete Hulda, ohne groß nachzudenken, merkte aber sofort, dass sie sich da gar nicht so sicher war. Irgendwo tief in ihr hielt sie an der Hoffnung fest, für Atli, Guðbergur und Oddrún, dass der kleine Junge überlebt hatte.

»Ich auch nicht«, sagte Álfrún. »Wollte ich nur wissen. Aber stell dir mal vor, wie abgefahren es wäre, wenn wir ihn finden würden. Wenn wir nicht nur den Fall lösen, sondern auch den Jungen finden. Dann hätten wir beide es geschafft.« Nach einem kurzen Schweigen sagte sie: »Dann gäbe es ein Kopf-an-Kopf-Rennen um den nächsten freien Posten.«

»Bitte?«

»Na ja, Arnaldur hört ja bald auf. Ich will mich bewerben, und du?«

Hulda lief es kalt den Rücken hinunter. Hatte Sölvi Álfrún etwa dieselbe Stelle angeboten? Nein, das konnte nicht sein. Dann hätte sie nicht von *bewerben* gesprochen. Hulda versuchte, ruhig zu atmen. Sölvi hatte immer Wort gehalten, und ein Versprechen war ein Versprechen.

Sie schenkte Álfrún ein warmes Lächeln.

»Ja, mach das. Vielleicht schlage ich auch zu.«

»Weißt du, Hulda, ich meine das nicht böse, aber ich bin mir nicht sicher, ob du der Typ bist, der Leute führt. Du hast viel drauf, keine Frage, Sölvi lobt dich in den höchsten Tönen. Du bist die viel bessere Ermittlerin, aber ich glaube, ich wäre die bessere Chefin.«

»Meinst du?«

»Ja, aber lass dich davon nicht beeinflussen, vielleicht irre ich mich auch.«

XXIV

»Ist alles in Ordnung, Hulda? Können wir irgendetwas tun?«, fragte Kári, als sie die Treppe hinunter und ins Wohnzimmer kam. Dort saßen er und Cerise mit Vala und Óskar. »Haben Sie schon irgendwelche Erkenntnisse?«

Sie schüttelte den Kopf.

»Wir versuchen immer noch zu verstehen, was in der Nacht passiert ist.« Dann beschloss sie, die Gelegenheit zu nutzen: »Vala, Óskar – kennen Sie eine Frau, die Andrea heißt? Andrea Sturludóttir?«

Óskar schüttelte den Kopf, doch Vala schien irgendwie aufzumerken. Sie sah sie an, wartete.

»Andrea, ja«, sagte Vala schließlich. »Der Name kommt mir bekannt vor.«

»Andrea Sturludóttir«, wiederholte Hulda.

»Hat sie nicht mal in Blönduós gewohnt?« Vala sah ihren Mann an.

»Keine Ahnung. Ich erinnere mich nicht daran.«

Es fühlte sich an, als ob ein weiteres Puzzleteil auf den richtigen Platz fiel. Hatte Atlis frühere Freundin im selben Ort gelebt wie seine Schwiegereltern?

»Sind Sie sicher?«, fragte Hulda.

»Nein, ich bin mir nicht sicher, das ist nur eine vage Erinnerung.«

»Wissen Sie noch, was sie hier gemacht hat? Oder wo genau sie wohnte?«

»Nein, leider. Das ist Jahre her, wenn ich mich überhaupt recht entsinne.«

»Trotzdem danke. Ich werde dem nachgehen.«

»Wieso fragen Sie?«

»Das ist einer der Namen, die im Zuge der Ermittlungen aufgetaucht sind.«

Jetzt meldete Kári sich zu Wort.

»Können Sie uns nicht langsam mal verraten, was hier los ist? Sie haben das geraubte Kind erwähnt, mit dem wir nichts zu tun haben. Dann wird in unser Anglerhaus eingebrochen. Wurde etwas gestohlen? Und was ist mit Eilífur? Ich finde, wir haben ein Recht darauf, das zu erfahren.«

»Das alles kam für mich genauso unerwartet wie für Sie. Álfrún und ich versuchen, uns einen Reim auf die Ereignisse zu machen. Wir informieren Sie, sobald ...«

»Sollte das nicht besser ein erfahrener Polizist übernehmen? Jemand, der ...«

Ein Mann, wollte Hulda ergänzen, doch sie hielt sich zurück.

»Keine Sorge, Kári. Dieser Fall ist in guten Händen.«

Vala stand auf, Óskar tat es ihr nach.

»Melden Sie sich, Hulda, falls wir Ihnen behilflich sein können«, sagte er.

»Das tue ich. Und vielen Dank für die Informationen zu Andrea, ich werde das überprüfen.«

Vala lächelte.

»Wie gesagt, ich hoffe, ich erinnere mich richtig. Vielleicht verwechsele ich da auch irgendetwas.« Dann sah sie Cerise an. »Wir schauen später zum Abendkaffee vorbei.«

Es war mehr als deutlich, dass die Bewohner dieses Tals unbedingt verhindern wollten, dass ihre kleine Gemeinschaft durch irgendwelche polizeilichen Ermittlungen in Aufruhr versetzt wurde. Das Leben ging weiter, und sobald Hulda, Álfrún und das Team aus Reykjavík abreisten, würden sie wieder in ihr gemächliches Leben zurückfinden, im Einklang mit der Natur und dem Fluss. Das galt auch für Ísak.

Und Hulda würde ihn vermissen.

Hulda hatte sich in ihr kleines Dachzimmer zurückgezogen.

Sie saß auf der Bettkante und hielt ihre Gedanken in ihrem Notizbuch fest.

Sieben Personen.

Kári und Cerise.

Vala und Óskar.

María.

Ísak, und schließlich Orri.

Einer von ihnen musste den Teddy bei sich gehabt haben, doch es blieb ein Rätsel, wie er überhaupt ins Blöndudalur geraten war.

Und dann war da noch das alte Ehepaar, das zufällig ein Ferienhaus in Blönduós besaß, Guðbergur und Oddrún. Auch den Namen Andrea Sturludóttir schrieb Hulda auf. Wenn Orri der Elf, das männliche verborgene Wesen in diesem Fall war, war Andrea die Elfe. Wie der Junge war sie spurlos verschwunden.

Irgendwo gab es noch unsichtbare Fäden, Hulda musste sie nur sichtbar machen.

Und irgendwer aus dieser kleinen Gemeinschaft hatte sich nachts nach draußen geschlichen, war ins Anglerhaus eingebrochen und hatte den alten Mann getötet, vermutlich in der Absicht, ein altes Geheimnis zu schützen.

Die Kriminaltechniker hatten ihre Untersuchungen im Anglerhaus abgeschlossen. Noch gab es keine gesicherten Erkenntnisse. Am Nachmittag hatte Hulda María ins Anglerhaus begleitet und sie gebeten nachzusehen, ob irgendetwas entwendet worden war, doch ihr war nichts aufgefallen.

Auch zu Sölvi hatte Hulda erneut Kontakt aufgenommen; Atli würde gegen Abend eintreffen.

Möglicherweise war diese Aktion zu voreilig, doch Hulda war fest davon überzeugt, dass seine Schwiegereltern etwas verbargen. Es gab zwei Möglichkeiten: Entweder spielte Atli ihr Lügenspiel mit, oder er war derjenige, der die beiden am besten der Lüge überführen konnte. Außerdem wollte Hulda, dass er den Bewohnern des Tals leibhaftig begegnete – besonders einer Person.

»Hulda?«

Es klopfte an die Tür, und sie erkannte Káris Stimme. Sie legte ihr Notizbuch weg, stand auf und öffnete die Tür.

»Ein Anruf für Sie«, sagte er etwas unwirsch. »Von Ísak.«

Hulda versuchte, sich nichts anmerken zu lassen, obwohl sie am liebsten sofort die Treppe hinuntergestürmt wäre.

»Danke«, sagte sie bloß und folgte ihm in aller Ruhe die Treppe hinunter. Kári hatte es nicht eilig; niemand schien es hier eilig zu haben.

»Hi«, sagte sie am Telefon, informell, herzlich. Natürlich stand auch Ísak unter Verdacht – selbst wenn er definitiv nicht ins Anglerhaus eingebrochen war –, doch in erster Linie sah sie in ihm einen Freund, was sie natürlich niemals laut gesagt hätte.

»Hi, Hulda«, antwortete er. »Ich habe meinen Bruder gefunden. Wie schon vermutet, hat er eine neue Freundin. Ich bin bei ihr zu Hause. Es geht ihm gut. Ich habe ihm gesagt, dass du ihn sehen willst.«

»Danke«, sagte sie und hatte sofort das Gefühl, dass sie damit auch das letzte Puzzleteil in Händen hielt. »Könnt ihr heute Abend herkommen?«

»Ja, wir kommen zum Essen«, versprach Ísak. »Sei nett zu ihm, ja? Er ist nüchtern und hoffentlich auf einem guten Weg. Mein Bruder würde niemals jemanden umbringen. Wenn ich das denken würde, hätte ich ihn nicht für dich gesucht.«

»Ich glaube auch nicht, dass er das getan hat, Ísak. Keine Sorge. Aber ich muss ihn sehen und mit ihm reden. Ich …«
»Ja?«
»Nein, nichts. Bis später.«

XXV

Am späten Nachmittag war ein junger Polizist, den Hulda nur flüchtig kannte, mit Atli eingetroffen, der jetzt mit Hulda und Álfrún im Anglerhaus saß, als hätte man ihn verhaftet. Die Techniker hatten ihre Untersuchung abgeschlossen und waren bereits auf dem Weg zurück nach Süden. Hulda hatte sich ganz bewusst für das Anglerhaus entschieden als den perfekten Ort für ihr Gespräch mit diesem Mann, der alles verloren hatte, erst seinen Sohn und dann seine Frau.

Es war kälter im Haus, als Hulda es in Erinnerung hatte. Vielleicht hatte sie in der vergangenen Nacht der Alkohol gewärmt, aber es kam ihr auch so vor, als hätte es abgekühlt, nachdem das Unwetter vorübergezogen war.

»Ich habe es mir schon lange abgewöhnt, wütend zu werden«, war das Erste, was Atli gesagt hatte, als er sich setzte. »Aber ich verstehe nicht, warum Sie mich den ganzen weiten Weg herholen. Die Sache ist erledigt; Sie werden daran jetzt nichts mehr ändern können.«

»Wollen Sie denn nicht wissen, was Ihrem Sohn widerfahren ist?«

»Das lässt sich nicht mehr herausfinden. Dafür ist es zu spät.«

Hulda ließ die Stille eine Weile wirken, dann beugte sie sich vor und fragte: »Wussten Sie, dass Ihre Schwiegereltern hier ein Ferienhaus haben?«

»In Blönduós. Nicht hier im Blöndudalur.«

»Das ist ein Katzensprung.«

»Mag sein.«

»Warum haben Sie nichts davon gesagt?«

»Ich habe Sie gebeten, die beiden in Ruhe zu lassen. Sie sind alt, und Oddrún ist krank. Es bringt nichts, sie zu belästigen. Aber Sie haben es natürlich trotzdem getan.«

Hulda behielt das Ruder in der Hand, ließ Álfrún nicht zu Wort kommen. »Ist Ihnen nicht in den Sinn gekommen, dass es für mich – für uns – interessant sein könnte, zu erfahren, dass sie sich in der Nähe des Ortes aufhalten, an dem der Teddy aufgetaucht ist?«

»Nein, ich fand das unerheblich.«

»Haben Sie daran gedacht, dass vielleicht sie es waren, die den Teddy bei sich hatten?«

»Guðbergur und Oddrún?« Atlis Stimme wurde lauter. »Natürlich nicht. Das ist absurd. Wollen Sie ihnen vorwerfen, sie hätten ihr eigenes Enkelkind entführt?« Er stand auf. »Ich werde hier nicht länger bleiben. Oder wollen Sie auch mich verhaften?«

»Wir haben noch niemanden verhaftet, weder Ihre Schwiegereltern noch Sie«, entgegnete Hulda. »Bleiben wir ganz ruhig. Ich möchte Ihnen kurz die Frau vorstellen, die den Teddy gefunden hat, und dann essen wir etwas. Ist das in Ordnung?«

»Na schön«, brummte Atli.

»Dann fahren wir jetzt zu ihr«, meldete Álfrún sich zu Wort. »Sie heißt María und wohnt ganz in der Nähe. Nur wenige Fahrminuten entfernt.«

»Und wie lange soll das dauern? Ich will noch heute Abend zurück nach Reykjavík. Wobei ich zur Not auch bei meinen Schwiegereltern übernachten könnte.«

»Ja, das ist eine gute Idee«, antwortete Álfrún, ehe Hulda etwas sagen konnte, auch wenn sie vermutlich dasselbe geantwortet hätte.

»Dann los«, sagte Álfrún.

»Wurde der Teddy hier gefunden?«, fragte Atli, in dessen Stimme nun Wehmut mitschwang.

»Ja, hinter dem Kühlschrank«, sagte Hulda. »Es war wohl der Hund, er hat seine Schätze schon öfter dort versteckt …«

»Ja, der Teddy war wirklich ein Schatz, *sein* Schatz … Er war noch so klein, aber er liebte diesen Bären. So klein und hilflos …«

Jetzt kamen ihm die Tränen.

María empfing die drei in ihrem Wohnzimmer.

Atli hatte die kurze Fahrt über kein Wort gesprochen. Doch jetzt begrüßte er María freundlich.

»Ich wollte Sie einander nur kurz vorstellen«, sagte

Hulda, nachdem sie María erklärt hatte, wen sie mitgebracht hatten.

»Ich weiß gar nicht, was ich sagen soll. Es tut mir wahnsinnig leid für Sie, auch wenn es schon so lange her ist«, sagte María.

»Danke. Von manchen Dingen erholt man sich nie.«

»Und es tut mir auch leid, dass ich das alles hier losgetreten habe, unbewusst. Vielleicht hätte ich es besser für mich behalten sollen.«

»Nein, nein, alles gut. Ich bin einiges gewohnt, und es ist natürlich gut, dass sein Teddy gefunden wurde. Hoffentlich überlässt die Polizei ihn mir, wenn die Untersuchungen abgeschlossen sind.«

»Hoffentlich ist das alles bloß ein Zufall«, sagte María und sah abwechselnd die Polizistinnen und Atli an. »Ich würde meine Nachbarn nicht als Freunde bezeichnen, aber es sind alles gute Menschen. Keiner von ihnen kann an einer Kindesentführung beteiligt gewesen sein, das ist völlig ausgeschlossen.« Sie seufzte. »Gute Menschen, im Großen und Ganzen, ja. Wir sind uns nicht in allem einig. Doch man sollte friedlich zusammenleben und sich nicht überwerfen, auch wenn es hier um den Erhalt der Natur geht, was mir wahnsinnig wichtig ist.«

Atli lächelte matt. Ihm war deutlich anzumerken, dass er nicht hier sein wollte.

»Woher wussten Sie, dass es sein Teddy war?«, fragte er nach einer Weile.

»Ich konnte mich noch gut daran erinnern, wie viele

Menschen in meinem Alter. Diese furchtbare Sache hat einen nicht mehr losgelassen. Das ist einfach so unmenschlich. Eltern ihr Baby wegzunehmen, an Weihnachten ...«

Atli antwortete nicht, doch sein Blick sagte, dass er jedem ihrer Worte zustimmte.

»Entschuldigen Sie«, sagte Hulda, als die drei wieder im Wagen saßen. »Das muss schwer für Sie gewesen sein, wir werden es nicht unnötig in die Länge ziehen. Wir schauen kurz zum Abendessen auf dem Nachbarhof vorbei, dann lasse ich Sie zu Ihren Schwiegereltern bringen.«

»Ich würde gern schon jetzt zu meinen Schwiegereltern«, sagte Atli entschieden. »Ich verstehe nicht, wozu Sie mich hier brauchen. Ich kann Ihnen nicht helfen.«

»Mir wäre es sehr wichtig, dass Sie noch mit uns essen, wenn es irgendwie möglich ist«, entgegnete Hulda, ohne zu wissen, wie sie reagieren sollte, wenn er Nein sagte.

Zum Glück nickte er nach einer Weile. »In Ordnung. Inzwischen bin ich auch ziemlich hungrig.«

XXVI

Wie schon am ersten Abend auf diesem Hof fühlte sich Hulda in alte Zeiten zurückversetzt. Im Hintergrund lief das Abendprogramm im Radio, im sanften Licht des Wohnzimmers war der Tisch für sechs Personen gedeckt, und obwohl es wieder Strom gab, brannten Kerzen. Cerise empfing sie im Wohnzimmer und machte große Augen, als sie den unerwarteten Gast sah, der einige Schritte hinter Hulda eintrat. Álfrún war noch einmal nach oben verschwunden.

»Hätten Sie noch Platz für eine weitere Person?«, fragte Hulda.

Atli gab Cerise die Hand und stellte sich vor.

»Eine Person? Das kriegen wir hin«, sagte sie und begann sofort, das Geschirr auf dem Tisch zu verrücken. »Setzen Sie sich. Die Jungs müssten jeden Moment eintreffen. Es ist immer so nett, wenn Orri kommt.« Sie lächelte. »Obwohl er so nahe wohnt, sehen wir ihn nicht oft.«

»Ich kann auch einfach in Blönduós essen«, sagte Atli zurückhaltend. »Kein Problem.«

»Kommt nicht infrage. Es gibt nur Suppenfleisch, kein Festmahl, aber mein Orri liebt Suppenfleisch. Ich hoffe, das ist in Ordnung?«

»Vielen Dank«, sagte Hulda und achtete beim Hinsetzen darauf, dass neben ihr ein freier Platz blieb. Sie wusste, dass Kári und Cerise wieder an den Tischenden Platz nehmen würden, und sie wollte unbedingt neben Ísak sitzen.

Vielleicht – sehr wahrscheinlich – würde dies ein ganz normaler Abend auf dem Land werden, und da war es schön, den Mann zum Tischnachbarn zu haben, der es ihr so angetan hatte. Ein bisschen zu träumen, war schließlich nicht verboten.

»Wir trinken Wasser, in Ordnung?«, fragte Kári, der wie aus dem Nichts aufgetaucht war und jetzt die Gläser füllte.

»Willkommen, Atli. Meine Frau sagte mir, wir haben einen Gast heute Abend, oder vielmehr: einen weiteren Gast. Arbeiten Sie auch für die Polizei?«

»Ich arbeite nur noch wenig, bin quasi schon im Ruhestand.«

Hulda hatte aus gutem Grund nicht erwähnt, dass und inwiefern Atli in den Fall involviert war. Vielleicht zählten die Gastgeber eins und eins zusammen, vielleicht erinnerten sie sich an den Namen oder das Gesicht, doch wenn dem so war, ließen sie sich nichts anmerken.

»Die Jungs trödeln mal wieder«, seufzte Cerise. Zu viert saßen sie am Tisch, um die Fleischsuppe herum, deren Duft das Schweigen ausfüllte, das nun einsetzte.

»Wollen wir nicht anfangen?«, schlug Kári schließlich vor und wartete keine Zustimmung ab, sondern nahm sich eine große Portion. Hulda folgte seinem Beispiel, und dann auch der Rest der Runde.

»Ach ja, Ihr Mann hat vorhin noch einmal angerufen«, sagte Kári zwischen zwei Löffeln Suppe.

Hulda blickte auf.

»Wie gesagt, Sie können natürlich jederzeit zurückrufen.« Sie würde ihn nach dem Essen anrufen, die Verbindung zur Realität wieder aufnehmen. Hoffentlich saßen auch sie jetzt beim Essen, Jón und Dimma, wenn er seine Vaterrolle in irgendeiner Weise ernst nahm. Jón war kein guter Koch, aber einfache Gerichte bekam er hin. Vater und Tochter hatten eine gute Beziehung, und Hulda musste lernen, sich zu entspannen. Vielleicht war ihr Techtelmechtel mit Ísak ihr Weg dorthin, bewusst oder unbewusst.

Genau in diesem Moment hörte sie, wie die Haustür geöffnet wurde.

»Hallo!«, rief jemand, und sie meinte Ísaks Stimme zu erkennen.

Hoffentlich brachte er Orri mit.

Ísak erschien im Wohnzimmer und lächelte Hulda zu, zumindest meinte sie das.

Er setzte sich neben sie.

»Wie geht's? Tut mir leid, dass wir so spät sind. Orri ist auch da, er zieht nur noch seine Schuhe aus. Der Junge hat noch Manieren.«

Hulda hielt den Atem an und wartete.

XXVII

Orri ließ auf sich warten. Hulda kam es so vor, als wäre die Zeit noch nie so langsam dahingekrochen. Ihr Blick wanderte zwischen Atli und der Wohnzimmertür hin und her. Er wirkte vollkommen entspannt, höchstens leicht genervt darüber, dass er den Abend mit der Polizei und einer fremden Familie auf dem Land verbringen musste.

Orri war um die zwanzig, also genau im passenden Alter.

Nach dem, was sie bisher über ihn erfahren hatte, war er das völlige Gegenteil von seinem Bruder, wurzellos und unruhig, irgendwie verloren im Leben. Vielleicht lag es daran, dass er tatsächlich verloren gegangen und nie gefunden worden war?

Diese Theorie beruhte auf Huldas Gefühl und auf der Tatsache, dass Orri die einzige Person in der Gruppe war, die theoretisch der verschwundene Junge sein konnte.

Mit dieser Annahme lehnte sie sich natürlich weit aus dem Fenster, doch sie musste es darauf ankommen lassen.

Und dann erschien der junge Mann in der Tür.

Er war kleiner als Ísak und wirkte gleichzeitig kräftiger gebaut, sah nicht wie der Jüngere der beiden aus. Vielleicht eine Begleiterscheinung seines unsteten Lebensstils. Sein Blick war finster, als stünde er unter einer Gewitterwolke. Er sagte nichts, sondern hob lediglich halbherzig eine Hand, als wollte er winken und hätte es sich auf halber Strecke anders überlegt.

Hulda sah kurz zu Atli hinüber, doch der starrte vor sich auf den Tisch, hing seinen Gedanken nach. Sie ließ ihn nicht aus den Augen, wartete, bis er sie wahrnahm, kurz den Mund zum Ansatz eines Lächelns verzog und dann den Mann ansah, der ins Wohnzimmer trat. Atlis Gesichtsausdruck wirkte völlig gleichgültig.

Was hatte Hulda auch erwartet?

Zwanzig Jahre waren vergangen, und der Junge war noch ein Baby gewesen, als ihn jemand einfach so mitgenommen hatte.

Natürlich war es alles andere als sicher gewesen, dass Atli seinen erwachsenen Sohn wiedererkennen würde, doch aus irgendeinem Grund hatte Hulda gehofft, dass es eine Verbindung gab, diesen unsichtbaren Faden, den Zeit und Ort nicht zu durchtrennen vermochten. Sie hatte gehofft, dass Eltern ihre Kinder immer erkannten.

Würde sie Dimma nach so langer Zeit noch wiedererkennen?

Wobei das wohl kaum vergleichbar war, Dimma war immerhin schon sechs Jahre alt.

Hulda stand auf und ging mit ausgestreckter Hand auf den Mann zu.
»Ich heiße Hulda. Und Sie sind Orri?«
Er nickte.
»Hulda – und weiter?«
»Setzen Sie sich doch«, sagte sie und zeigte auf den freien Platz neben Atli. Vermutlich hatte sie Atli völlig umsonst den ganzen weiten Weg hierherkommen lassen, aber noch wollte sie die Hoffnung nicht aufgeben.
»Ja, ja«, brummte Orri.
»Ich arbeite für die Polizei.«
Er stieß ein verächtliches Lachen aus. »Hätte ich mir ja denken können. Was habe ich diesmal angestellt?«
»Nichts, glaube ich«, antwortete Hulda. »Das hier ist Atli.«
»Hallo, Atli«, sagte Orri, und die beiden begrüßten sich. Sie sahen sich nicht ähnlich, und Huldas geheime Hoffnung, dass irgendein Funke aus der Vergangenheit übersprang, dass ein geheimer Zauber wirkte, trat nicht ein. Hier saßen zwei Männer, die sich noch nie begegnet waren und die vermutlich kaum etwas gemeinsam hatten.
»Hallo«, sagte Atli. »Schön, Sie kennenzulernen.«
»Ja, ebenso.«
»Orri, waren Sie neulich bei der Zusammenkunft im Anglerhaus dabei, mit Ihren Eltern und Ihrem Bruder?«
»Ja, und mit den Nachbarn. Ich war nur wegen des Alkohols da, es gab Selbstgebrannten. Wieso fragen Sie?«

»Wir haben etwas gefunden, das mit einem alten Kriminalfall zu tun hat, einem Kindesraub.«

»Ich habe kein Kind geraubt!«, zischte Orri sofort.

»Ich weiß, das Ganze liegt zwanzig Jahre zurück.«

»Eigentlich bin ich hergekommen, um mit meiner Familie zu essen. Wollen Sie mich hier in eine Falle locken?«

»Es war Atlis Sohn, der damals verschwand.«

Orri sah Atli an, als würde er ihn zum ersten Mal sehen.

»Wow, ehrlich? Das ist wirklich schlimm«, sagte er und klang jetzt ganz anders.

Atli zuckte die Achseln.

»Man lernt, damit zu leben«, sagte er, obwohl der Schmerz und die Traurigkeit in seiner Stimme etwas anderes sagten.

»Ich weiß nichts davon«, sagte Orri dann und fragte: »Was haben Sie denn im Anglerhaus gefunden?«

»Einen alten Teddy«, erklärte Hulda.

Orri grinste. »Einen Teddy? Stimmt. Eilífur hat sich darüber lustig gemacht, dass jemand seinen Teddy mitgebracht hatte. Ich habe das auf mich bezogen, weil er mich manchmal aufzieht, obwohl wir Freunde waren. Echt traurig, dass er tot ist. Aber manchmal war er auch schwierig.«

Ein ungewöhnlicher Nachruf auf einen frisch Verstorbenen, dachte Hulda.

»Wissen Sie, wer den Teddy mitgebracht hatte?«, fragte Hulda und hielt den Atem an.

Orri dachte nach, dann antwortete er: »Nein. Ich habe erst davon gehört, als Eilífur sich darüber aufgeregt hat. Haben Sie ihn denn nicht gefragt?«

»Leider hatte ich keine Gelegenheit dazu.«

Erst jetzt gesellte sich auch Álfrún zu der Runde, sie setzte sich.

»Hi, Sie sind vermutlich Orri?«

Er sah sie an, etwas länger, als Hulda erwartet hätte.

»Orri, ja. Und wer sind Sie?«

»Ich arbeite mit Hulda zusammen.«

»Ein verschwundenes Kind und ein verschwundener Teddybär«, sagte Orri und zuckte mit den Schultern. Dann sah er Atli betreten an: »Tschuldigung.«

»Schon in Ordnung.« Atli klang sachlich, gefühllos. Dann sagte er zu Hulda: »Ich bin müde. Das war ein langer Tag.«

Das konnte Hulda nur bestätigen.

Ein langer Tag, der sie der Lösung des Rätsels um den verschwundenen Jungen kein Stück näher gebracht hatte. Sie machte sich darauf gefasst, mit nichts als der Schande im Gepäck nach Reykjavík zurückzukehren.

XXVIII

Das weitere Abendessen verlief ohne Zwischenfälle. Hulda spürte, wie sich die Müdigkeit heranschlich, und als der Kaffee serviert wurde, verschwand Álfrún nach oben. Zurück blieben Hulda und Atli mit der Familie, Kári, Cerise und ihren beiden Söhnen. Hulda meinte zu beobachten, dass Orri sich nicht richtig wohl im Haus seiner Familie fühlte, doch sie war inzwischen überzeugt davon, dass nicht er der verlorene Sohn war – oder wenigstens nicht der, den sie suchte. Denn verloren wirkte Orri schon. Ísak war der deutlich Unbeschwertere der beiden, der auch während des Essens versucht hatte, ein Gespräch in Gang zu bringen. Atli hatte sich die ganze Zeit über zurückgehalten.

»Vielen Dank für das Essen«, sagte Hulda schließlich. Am liebsten wollte sie es machen wie Álfrún, nach oben verschwinden und sich hinlegen. Draußen stand ein Polizist bereit, der Atli nach Blönduós fahren würde, wo er bei seinen Schwiegereltern übernachten wollte. Vermutlich würde Hulda weder Atli noch Guðbergur und Oddrún jemals wiedersehen. Sie kam hier einfach nicht weiter.

»Also bleiben Sie noch eine Nacht?«, fragte Kári, der so klang, als fieberte er ihrer Abreise entgegen.

»Ich denke schon. Heute ist es wohl zu spät für die Rückreise.«

»Tja ... Sie haben mit allen gesprochen, jeden Stein umgedreht. Ich denke nicht, dass Sie das Kind hier noch finden«, sagte er ein wenig zu scharf, und Hulda nahm wahr, dass er kurz seinen jüngeren Sohn ansah und dann wieder sie.

Verbarg sich die Antwort vielleicht dennoch in diesem Haus?

Hatte sie irgendetwas übersehen?

Cerise stand auf und drehte das Radio lauter. Im Hintergrund war das Abendprogramm gelaufen, und jetzt erfüllte klassische Musik das Wohnzimmer. Obwohl die Welt hier so in Ordnung wirkte, fühlte Hulda sich aus irgendeinem Grund unwohl in diesem Haus, als ob unter den Bodendielen oder zwischen den Wänden etwas Bedrohliches lauerte, etwas, das nicht ans Tageslicht gezerrt werden wollte.

Cerise setzte sich wieder an den Tisch, und Hulda betrachtete diese Frau mit französischen und deutschen Wurzeln, die sich in Island niedergelassen hatte, um mit Pferden zu arbeiten. Doch hier gab es keine Pferde. Hatte sie die ganze Wahrheit gesagt?

Und dann Kári, dieser Mann, der sich nichts gefallen ließ und der zweifellos alles tun würde, um seine Familie zu beschützen.

Orri blieb ein wandelndes Rätsel, ein Suchender, der nicht viele Worte machte. Wenn er nicht der verschwundene Junge war, konnte er nichts mit alldem zu tun haben.

Und schließlich Ísak, in den sie sich doch tatsächlich verliebt hatte, in so kurzer Zeit. Sie fühlte sich unbeschreiblich wohl mit ihm, viel wohler als mit Jón. Ihr war klar geworden, dass in ihrer Ehe etwas fehlte, dass sie in letzter Zeit nicht mehr richtig miteinander redeten und Jón ihr nicht zuhörte.

»Wollen wir es uns nicht etwas bequemer machen?«, fragte Cerise.

Hulda sah Atli an, der mit den Schultern zuckte.

»Einen kleinen Moment können wir noch bleiben«, sagte er schließlich müde. »Zehn Minuten, dann möchte ich aber los.«

»Dasselbe gilt auch für mich«, sagte Hulda und schielte in Ísaks Richtung. Vielleicht sollte sie noch einmal bei ihm vorbeischauen, im Schutz der Nacht. Würde es wohl noch einmal klappen? Und war Ísak überhaupt bereit dafür?

Er drehte den Kopf, sah ihr direkt in die Augen, lächelte und fragte: »Und, Hulda, fühlst du dich wohl auf dem Land?«

»Sehr.«

»Wohler, als in der Stadt?«

»Ja«, sagte sie und senkte den Blick, spürte die Röte in ihre Wangen steigen.

»Wir alle fühlen uns hier auf dem Land am wohlsten«, sagte Cerise und stand auf.

Im selben Moment klingelte das Telefon, schallte bis ins Wohnzimmer.

Hulda erschrak, war sich sicher, dass Jón anrief. Mit ihm wollte sie jetzt überhaupt nicht sprechen, doch sie kam wohl nicht darum herum.

»Ich gehe ran«, sagte Ísak und sprang auf. Wenig später kam er zurück. »Für dich, Hulda.«

Sie holte tief Luft.

»Nie hat man seinen Frieden«, seufzte sie und rang sich ein Lächeln ab.

Schweren Schrittes lief sie in die Diele. Ihre Vermutung bestätigte sich: Es war Jón. Sie erkundigte sich nach Dimma, die wieder gesund war, aber schon schlief. Alles war in bester Ordnung, und Hulda hatte den Eindruck, dass Jón unbeschwerter klang als sonst.

»Wie geht es sonst so?«, fragte sie, obwohl sie so schnell wie möglich zurück ins Wohnzimmer wollte, zurück zu Ísak.

Er antwortete nicht sofort.

Dann raunte er ihr zu, dass er das Haus gekauft habe.

Hulda verstand nicht.

»Das Haus?«, fragte sie, obwohl es doch nur um ein Haus gehen konnte.

Jón hatte ihr Traumhaus auf Álftanes gekauft. Aus irgendeinem Grund hatte er seine Meinung geändert. Hatte er gespürt, dass er sie verlor? Plötzlich war die Situation eine völlig andere.

»Ich weiß nicht, was ich sagen soll, ich bin sprachlos«, stammelte sie. »Sprachlos – und wahnsinnig glücklich.« Dann fügte sie hinzu: »Ich komme morgen nach Hause.«

Sie verabschiedete sich – und war komplett verunsichert.

Mit einem Mal erschien ihr eine Zukunft mit Ísak wie ein absurder Traum, ein völlig unrealistisches Luftschloss, denn plötzlich gab es nur noch eine Realität: Jón und Dimma und das schöne neue Haus.

Als Hulda auflegte, öffnete sich die Haustür, und Vala und Óskar kamen herein.

»Ach, hallo«, sagte Óskar. »Immer noch hier?«

Hulda merkte sofort, dass er das nicht böse meinte, so freundlich, wie er klang. Sie mochte diesen Mann, den bärtigen ehemaligen Schlagersänger, während Vala distanzierter wirkte, reservierter. Vielleicht hatte sie noch daran zu knabbern, dass sie nun allein mit ihrem Mann im Nest saß, nachdem die Tochter, ihr Ein und Alles, nach Reykjavík gegangen war.

»Ja, leider«, antwortete Hulda und lächelte.

Óskar lächelte zurück; Vala zeigte keine Reaktion.

Sie folgte den beiden ins Wohnzimmer, grübelnd. Das Leben war ein großes Puzzlespiel, vom Anfang bis zum Ende das reinste Chaos. Plötzlich lief wieder alles darauf hinaus, dass sie nichts ändern würde, dass sie ihrer Ehe noch eine Chance gab und versuchen würde, Ísak zu vergessen …

Als sie den Kopf hob, fiel ihr Blick auf Atli. Sie erstarrte, bekam eine Gänsehaut.

Atli saß noch am selben Platz wie vorhin, doch sein Blick war ein völlig anderer.

Er sah aus, als hätte er ein Gespenst gesehen.

XXIX

Offenbar hatte Atli einen der beiden erkannt, Vala oder Óskar. Im ersten Moment konnte Hulda nicht ausmachen, wer von beiden es war.

Wenig später räumte Atli jeden Zweifel aus, als er aufstand und Vala anstarrte, als wären sie die einzigen Menschen auf der Erde.

»Emma?«, sagte er, und es schwang dabei weder Bitterkeit noch Wut mit, sondern lediglich Verwunderung und Wehmut.

Vala warf einen Blick über ihre Schulter. Hulda sah die Panik in ihren Augen, doch wegzulaufen war keine Option, denn sie wäre Hulda geradewegs in die Arme gerannt.

Emma.

Hulda war verwirrt.

Er musste sich irren.

Emma war seit vielen Jahren tot.

Wobei Hulda diese Information auch nur von Atli und seinem Schwiegervater hatte.

Sie war dem nicht weiter nachgegangen, und da Emma

im Ausland verstorben war, wäre eine Nachforschung auch schwierig geworden.

Die Eltern waren mit ihr ins Ausland gereist, hatte Atli gesagt, um ihr zurück auf den rechten Weg zu helfen, doch die Sucht war stärker gewesen.

Jetzt stand Atli einer Frau gegenüber, die er Emma nannte.

Er trat näher an sie heran; sie wich zurück.

»Emma?«

»Atli«, sagte sie mit warmer Stimme. Sie versuchte noch nicht einmal, es abzustreiten.

»Ich verstehe das nicht«, stammelte er.

»Wir reden später, Atli, unter vier Augen.«

Im Hintergrund lief noch das Radio, ansonsten herrschte Totenstille im Wohnzimmer, obwohl die meisten Anwesenden sicher nicht begriffen, was hier gerade vor sich ging.

Schließlich durchbrach Hulda die Stille.

»Vala?«

Sie tippte ihr leicht auf die Schulter, und Vala oder Emma zuckte zusammen.

»Ja?« Sie drehte sich um und sah nun Hulda an. Die hatte den Eindruck, dass sie einer völlig anderen Person in die Augen blickte.

»Vala, wir sollten miteinander reden, in Ordnung?«, fragte sie, obwohl es eher ein Befehl war als eine Bitte.

»Ja, okay. Wo?«

Hulda sah sich um; niemand sagte ein Wort.

»Wir können in mein Zimmer raufgehen und dort in Ruhe reden. Wie klingt das?«

Vala nickte, dann sagte sie zu ihrem Mann: »Warte hier, Óskar. Ich bin gleich zurück.«

XXX

»Er hat Sie Emma genannt«, begann Hulda, als sie sich in ihrem Dachzimmer gesetzt hatten. Vala saß auf einem kleinen Hocker, Hulda auf der Bettkante – ungewöhnliche Umstände für eine Vernehmung, doch es gab keine bessere Option. Álfrún, die vermutlich im Nachbarzimmer war, hatte sie absichtlich nicht dazugeholt.

Vala nickte.

»Natürlich hat er mich erkannt. Ich wusste nicht, dass er hier ist, ich hatte keine Ahnung, ich …«

»Wie lange ist Ihre letzte Begegnung her?«

»Fast zwanzig Jahre. Ich bin mit meinen Eltern ins Ausland geflogen, in irgendeine Klinik.« Dann fügte sie hinzu: »Ich habe seitdem keinen Tropfen Alkohol mehr getrunken.«

»Es hieß, die Therapie habe nichts gebracht und Sie seien gestorben.«

Sie nickte.

»Papa wollte es so, damit ich ein neues Leben beginnen konnte, nachdem …« Sie verstummte mitten im Satz. »Die

Therapie war erfolgreich. Eigentlich wollte ich im Ausland bleiben, aber dann kam das Heimweh und …«

»Wie konnten Sie unbemerkt zurückkehren?« Eine ganze Weile verstrich, ehe sie antwortete.

»Sie kennen meinen Vater nicht, Hulda, es gibt kaum etwas, das er nicht in die Wege leiten könnte. Er hat Zugang zu den innersten Kreisen seiner Partei und so auch zum System. Er kriegt, was er will. Was glauben Sie, wie Davíð es ins Parlament geschafft hat?«

»Davíð? Der Polizist?«, fragte Hulda, obwohl sie natürlich wusste, um wen es ging.

»Ja. Mein Vater wollte keine losen Enden. Er wird nicht zufrieden sein.« Sie lachte, und in ihrem Lachen schwang eine schaurige Furcht mit. »Ich habe alles kaputtgemacht, schon wieder. Ich hätte heute Abend nicht herkommen dürfen. Ich hätte den Teddy nicht immer mit mir herumschleppen dürfen, ich … Ich hätte ihn nicht verlieren dürfen.«

»Im Anglerhaus?«

»Ja. Ich hatte den Teddy immer in meiner Tasche, wohin ich auch ging. Dadurch war es, als ob *er* bei mir wäre. Damit ich nie vergessen würde … Ich durfte nicht vergessen, Hulda.«

»Sie haben die Polizei belogen – und Davíð hat mitgespielt?«

Emma zuckte mit den Achseln.

»Ja, natürlich haben wir gelogen, aber ich weiß nicht, was Davíð weiß. Vermutlich nichts. Ich kann mir denken, dass mein Vater ihn gebeten hat, die Ermittlungen auf Eis zu legen. Vielleicht hat er gesagt, dass weitere Nachforschungen nichts bringen und uns nur belasten würden. Etwas in der Art, ich weiß es nicht. Ich weiß nie, was in meinem Vater vorgeht, Hulda. Aber sein Plan ist aufgegangen. Davíð hat nie in die richtige Richtung geguckt. Er hat das Offensichtliche übersehen.«

XXXI

»Was hat er übersehen, Emma?«, fragte Hulda, die ganz ruhig dasaß und abwartete.

Natürlich hatte die Antwort die ganze Zeit offen dagelegen, und genau wie Davíð hatte Hulda in die falsche Richtung geblickt, hatte sich von den Lügen blenden lassen.

»Er hat mich nicht gesehen.«

»Wie meinen Sie das?«

»Es gab keinen Eindringling, wir waren zu zweit, oder vielmehr zu dritt. Atli, ich und *er* ...«

»Erzählen Sie mir, was vor zwanzig Jahren passiert ist. Es ist nicht gut, ein Geheimnis so lange mit sich herumzuschleppen.«

»Wenn ich nichts sage, wird Atli es tun. Haben Sie sein Gesicht gesehen? Ich habe ihn geliebt, liebe ihn wahrscheinlich immer noch, aber er hasst mich. Er hasst mich seit zwanzig Jahren.«

»Weiß Atli alles?«

Sie nickte. »Natürlich weiß Atli alles. Er hat die Polizei belogen, genau wie ich. Wir alle haben gelogen: Atli, ich, meine Eltern.«

»Hat Atli Ihrem Sohn etwas angetan?«
»Er hat ihn über alles geliebt. Er hätte ihm niemals etwas angetan. Mein Vater und er haben einen Vertrag geschlossen, verstehen Sie?«
»Nein. Erklären Sie es mir ...«
»Einen Vertrag, der Atli zum Schweigen verpflichtet.«
»Was hat er dafür bekommen?«
»Lebenslange finanzielle Absicherung. Er hat seitdem nicht mehr gearbeitet, musste sich keine Sorgen um Geld machen. Meine Eltern haben ihn finanziert, haben ihn mit Haut und Haar gekauft. Unsere Familie hatte schon immer Geld. Atli wohnt in unserem alten Haus in Þingholt. Jemand wie er kann sich normalerweise noch nicht einmal den Unterhalt für ein solches Hauses leisten, geschweige denn es kaufen. Ich hoffe, mein Vater stellt seine Unterstützung nicht ein, auch wenn ich, wenn ich jetzt ...«

Sie beendete ihren Satz nicht, sondern sagte stattdessen: »Aber Atli dachte, dass ich tot bin. Dass ich noch lebe, haben wir ihm verheimlicht.«

»Was haben Sie getan, Emma?«

»Etwas Furchtbares«, sagte sie mit starrem Blick.

»Was?«

»Ich habe meinen kleinen Jungen getötet, meinen geliebten Jungen.«

Sie klang wie eine Maschine, als schildere sie etwas, das nicht sie, sondern eine völlig andere Person erlebt hätte. Vielleicht war das die einzige Möglichkeit, mit einem solchen Schock leben zu können, dachte Hulda.

»War es ein Unfall, Emma?«

Sie schüttelte den Kopf. Hulda lief es eiskalt den Rücken hinunter.

»Nein, es war kein Unfall. Ich habe es absichtlich getan. Er schlief in seinem Bettchen, und ich ...«

Ihre Stimme brach. »Es ging mir so schlecht, Hulda. Ich kann es selbst kaum erklären, meine Erinnerungen sind so verschwommen, aber nach seiner Geburt dachte ich, ich würde nie wieder einen glücklichen Tag erleben. Ich ...«

»Haben Sie Atli ausgesperrt?«, fragte Hulda nach einer Weile.

»Ja. Ich weiß auch nicht, was in mir vorging. Ich glaube, ich hatte den Verstand verloren. In dem Moment, als mein Sohn auf die Welt kam. Ich habe ihn nie geliebt, ich konnte ihn nicht lieben, erst hinterher, als es zu spät war ... Atli liebte ihn vom ersten Augenblick an, er liebte ihn über alles, und er hat immer versucht, mir zu helfen. Aber das war nicht möglich.«

Dann flüsterte sie so leise, dass es kaum zu hören war: »Manchmal hatte ich das Gefühl, er wollte sterben, als würde er mich darum bitten ...«

»Emma, wo ist er? Wo ist er begraben?«

»Hier im Norden. Wir können Ihnen das Grab zeigen. Ich glaube, sie hatten ihn erst woanders beerdigt, weit weg von Reykjavík, und als ich herzog, haben sie auch ihn hierhergebracht. Als ich Óskar kennenlernte, haben meine Eltern das Ferienhaus gekauft. Man hat nur ein Leben, verstehen Sie, und ich wollte versuchen, es zu nutzen. Es ist zwar nur ein halbes Leben, aber besser als keines. Und ich habe ein zweites Kind bekommen, eine wunderbare Tochter. Ich habe Ihnen von ihr erzählt. Sie geht in Reykjavík aufs Gymnasium.«

»Ja, das haben Sie erwähnt.«

»Ich lebe für meine Tochter, Hulda.«

»Das kann ich mir vorstellen«, sagte sie. Dieses Gefühl kannte sie.

»Ich musste das einfach geheim halten, ich musste ... Ich habe eine solche Angst. Was wird Óskar sagen? Glauben Sie, die beiden werden je wieder mit mir reden?«

»Alles wird gut, Emma«, versuchte Hulda sie zu beruhigen, obwohl sie nicht wusste, ob tatsächlich alles gut würde. »Sie waren krank ...«

»Das stimmt, ich war krank«, sagte sie, und ihr Blick glitt in die Ferne. »Sehr krank.«

»Sie kommen mit uns nach Reykjavík, und wir gehen gemeinsam die nächsten Schritte an.«

»Ja.«

»Ich muss Ihnen noch ein paar Fragen stellen, Emma, bevor wir gehen.«

»In Ordnung.«

»Andrea Sturludóttir – Sie sagten, Sie kennen den Namen. Stimmte das?«

Sie schüttelte den Kopf. »Ich hatte Angst. Ich weiß, dass es Atlis frühere Freundin ist, aber sie hatte damit nichts zu tun. Ich wollte Sie in eine falsche Richtung lenken, es tut mir leid.«

»Sind Sie ins Anglerhaus eingebrochen?«

»Ja. Ich musste den Teddy suchen, konnte nicht schlafen. Ich wusste natürlich, dass ich ihn verloren hatte, dass er dort sein musste. Eigentlich wollte ich abwarten, bis sich eine Gelegenheit bot, danach zu suchen. Aber ich war so beunruhigt, als Sie nach dem Schlüssel zum Anglerhaus gefragt haben ...«

»Ich habe Sie gesehen«, sagte Hulda.

»Wie bitte?«

»Aus der Ferne, in der Nacht.«

Emma sagte nichts.

»Und wohin sind Sie danach gegangen?«, fragte Hulda, obwohl sie die Antwort bereits kannte.

»Zu Eilífur.«

Hulda rang um Atem. Sie hätte Emma aufhalten können, wenn sie richtig reagiert hätte, wenn sie mutig genug gewesen wäre, wenn sie sich von Ísak getrennt hätte ...

»Was haben Sie mit ihm gemacht, Emma?«

»Er hatte gesehen, dass ich den Teddy mitgebracht hatte.«

»Ich weiß.«

»Er hat es niemandem gesagt, hat nichts kapiert, aber dann kamen Sie, haben Fragen gestellt ...«

»Und er musste sterben?«

»Nein, nein ... er musste nicht sterben, aber er durfte niemandem etwas verraten. Meine Tochter sollte es nicht erfahren. Ich liebe sie so sehr. Ich brauche sie, brauche meine Familie. Niemand darf die Wahrheit erfahren. Das war nicht ich, das war eine andere Frau, vor zwanzig Jahren. Muss ich wirklich mitkommen, Hulda? Das ist alles so lange her. Können Sie sich nicht in meine Lage versetzen? Mir noch eine Chance geben?«

Hulda dachte nach, überlegte, ob es Umstände gab, unter denen sie selbst sich zur Richterin aufschwingen und eine Person laufen lassen konnte, die ein furchtbares Verbrechen begangen hatte. Vielleicht. Manchmal war die härteste Strafe, mit der Tat zu leben. In diesem Fall aber konnte Hulda nichts anderes tun, sie musste Emma verhaften. Zum einen, weil sie mit Eilífur noch einen weiteren Menschen getötet hatte, und zum anderen, weil Hulda die Lorbeeren ernten wollte, nachdem sie einen so großen Fall gelöst hatte.

»Was haben Sie mit Eilífur gemacht, Emma?«

»Dasselbe wie damals mit meinem Jungen, ich habe ihn erstickt ... Ich weiß auch nicht, was da über mich kam, es fühlte sich an, als hätte ich keine andere Wahl. Und wissen Sie, es war leichter, als ich gedacht hatte. Wenn man diese Linie einmal überschritten hat, ist es leichter, es wieder zu tun.« Schnell fügte sie hinzu: »Aber ich bin nicht gefährlich, Hulda. Eilífur war alt, er hatte ohnehin nicht mehr lange zu leben, sonst hätte ich das niemals getan, ihn niemals ...«

Nicht so lange wie Ihr Sohn, wollte Hulda sagen, doch sie ließ es. Es war nicht an ihr, zu urteilen. Nicht hier und jetzt.

XXXII

Hulda führte Emma die Treppe hinunter. »Emma kommt mit uns«, sagte sie zu den Anwesenden, worauf Óskar sofort protestieren wollte. Doch Emma umarmte ihn und flüsterte ihm etwas zu. Auch Atli schien etwas sagen zu wollen. Hulda legte ihm eine Hand auf die Schulter. »Nicht jetzt«, raunte sie ihm zu. Dann suchte sie Ísaks Blick.

Er lächelte, und sie spürte, dass jetzt die Gelegenheit wäre, etwas zu sagen, es sich anders zu überlegen, ein neues Leben zu beginnen, doch gleichzeitig war ihr klar, dass sie nichts tun würde.

In Reykjavík warteten Jón, Dimma und das neue Haus. Ísak würde sie vermutlich nie wiedersehen.

Die Fahrt durch die Dunkelheit war nicht sehr angenehm, Álfrún schwieg die meiste Zeit und reagierte kaum auf Huldas Bericht. Sie saßen zu zweit im Wagen; die Kollegen aus Blönduós hatten es übernommen, Emma ins Gefängnis zu bringen. Ihre offizielle Vernehmung würde morgen früh stattfinden.

Hulda saß am Steuer, über weite Strecken allein mit ihren Gedanken. Sie vermisste Ísak sehr, doch ihre Vorfreude auf das Wiedersehen mit Dimma war größer, und gleichzeitig war sie unglaublich stolz auf ihren Ermittlungserfolg.

Sie versuchte, nicht daran zu denken, dass Eilífur wahrscheinlich noch leben würde, wenn sie und Álfrún nicht in den Norden gefahren wären. Und sie würde auch ihren großen Fehler nicht zur Sprache bringen, dass sie in der schicksalsträchtigen Nacht Eilífurs Mörderin nicht verfolgt hatte.

Sie konnte es kaum erwarten, Sölvi zu sehen und zu hören, wie es nun weitergehen würde, wann sie die neue Stelle antreten konnte.

In Reykjavík angekommen, verabschiedeten sich die beiden Frauen mit einem Händedruck.

»Besten Dank, Álfrún«, sagte Hulda förmlich, ganz die Chefin. »Du hast dich gut geschlagen.«

»Du auch«, sagte Álfrún. Dann trat sie einen Schritt auf Hulda zu, beugte sich zu ihr und flüsterte: »Ich habe vor unserer Abreise noch etwas erledigt, tut mir leid.«

»Hm? Und was ist das?«, wollte Hulda wissen, doch Álfrún war schon verschwunden.

XXXIII

Hulda saß allein im Büro und schrieb ihren Bericht. Es ging schon auf Mitternacht zu, daher schliefen Jón und Dimma sicher schon. Sie würde sich später nach Hause schleichen.

Insgeheim hatte sie gehofft, dass Sölvi noch im Haus war, sodass sie ihm die ganze Geschichte erzählen und sich mit ihrem Erfolg brüsten konnte, doch damit musste sie wohl bis morgen warten.

Sie war gerade aufgestanden und wollte aufbrechen, als sie Schritte hörte.

Sie erschrak, doch dann schob sie schnell alle Angst beiseite. Kein Unbefugter hatte Zugang zum Kommissariat, daher hatte sie nichts zu befürchten.

Sie hielt inne und lauschte auf die Schritte, die sich näherten.

Jemand war auf dem Weg zu ihr.

Sie musste keine Angst haben, aber unheimlich waren die Geräusche dennoch. Nachts war normalerweise niemand im Haus, die Notrufe gingen an anderer Stelle ein.

Auf einmal öffnete sich die Tür zu ihrer Abteilung.

Hulda hielt die Luft an.

»Guten Abend. Ich habe nicht damit gerechnet, hier noch jemanden anzutreffen.« Hulda kannte den Mann, der in der Tür stand, er hieß Snorri und arbeitete bei der Reykjavíker Polizei, doch sie hatten noch nicht näher miteinander zu tun gehabt.

»Ich wollte gerade gehen. Ich komme aus dem Norden, habe dort einen Fall gelöst, zusammen mit Álfrún …«

»Álfrún, soso«, sagte Snorri mit einem merkwürdigen Unterton.

»Ich hatte gehofft, dass Sölvi noch hier ist, dann hätte ich es ihm gleich jetzt berichten können, solange alles noch frisch ist«, sagte Hulda. Aus irgendeinem Grund war sie nervös. »Es geht um einen alten Fall aus dem Jahr 1960. Es ist uns gelungen …«

Snorri zeigte keinerlei Interesse an dem, was sie zu sagen hatte, und fiel ihr ins Wort: »Sölvi, ja … Vielleicht sollten wir kurz sprechen, Hulda. Er war Ihr direkter Vorgesetzter, oder?«

»War?«, hakte sie nach. »Ist ihm etwas zugestoßen?«

»Nein, das nicht, keine Sorge. Aber Sölvi arbeitet nicht mehr hier. Seit heute Abend.«

»Was?!« Es war, als ob sich unter Hulda der Boden öffnete. Mit Mühe hielt sie das Gleichgewicht.

»Es hat Beschwerden gegeben, und wir haben uns darauf verständigt, dass er sich anderswo betätigt.«

»Beschwerden?« Dann fiel ihr ein, was Álfrún ihr zum Abschied zugesteckt hatte. »Von Álfrún?«

»Wussten Sie davon?«, fragte Snorri mit hochgezogener Braue.

Hulda nickte. »Ich habe es vermutet.«

»Ich weiß nicht, wie eng Sie befreundet sind. Wenn es so weit ist, werden wir eine neue Stelle im Haus für sie finden. Es ist das Beste, gleich zu Beginn reinen Tisch zu machen. Er war sehr angetan von dem Mädchen, wie ich gehört habe, und war in Bezug auf sie vermutlich nicht ganz objektiv.« Dann fügte er hinzu: »Tja, es gibt selten nur einen Schuldigen. Wir werden sehen, wie es mit Álfrún weitergeht.«

»Wenn was so weit ist?«, hakte Hulda nach.

Snorri zögerte. »Es wird sich ohnehin bald herumsprechen. Álfrún ist schwanger, deshalb haben wir sie beurlaubt.«

Hulda war sprachlos, ausnahmsweise mal, und erinnerte sich daran, wie Álfrún sich auf der Fahrt übergeben hatte. Sie wollte fragen, ob Sölvi der Vater war, doch die Antwort lag auf der Hand. Stattdessen stellte sie die Frage, die ihr noch mehr auf der Seele brannte: »Sölvi hat mir eine Stelle versprochen, die demnächst frei wird. Können wir darüber reden?«

»Wie gesagt: Ich bin ein Freund davon, reinen Tisch zu machen. Sölvis Versprechen sind heute nicht mehr viel wert, wir wägen das alles in Ruhe ab. Morgen früh übernehme ich seinen Posten.«

XXXIV

Mitten in der Nacht schreckte Hulda aus dem Schlaf hoch. Sie lag auf ihrer Seite im Ehebett, neben ihr schlief Jón tief und fest.

Sie hatte geträumt, von Ísak und Sölvi. Emma und ihre schaurigen Taten waren in weite Ferne gerückt, die grausige Realität, die Hulda am liebsten vergessen wollte, mit der sie sich jetzt nicht befassen wollte.

Sölvi war weg, und alle Gespräche, die sie geführt hatten, waren nichts mehr wert. Sie fing wieder ganz von vorne an, hatte mit Sölvi ihren einzigen Verbündeten verloren. Snorri kannte sie kaum, und sie wusste nicht, wie seine Einstellung gegenüber Frauen war. Letztendlich war der verdammte Sölvi den Frauen gegenüber *zu* positiv eingestellt gewesen und Álfrún gegenüber definitiv zu weit gegangen.

Sie hatte noch keine Gelegenheit gehabt, mit Jón zu sprechen. Bei ihrer Heimkehr hatte er bereits geschlafen, genau wie Dimma.

Über Ísak würde sie niemals mit Jón reden.

Sie setzte sich auf, atmete tief durch. Sie hatte Ísak nicht geküsst. Diese Chance hatte sie sich entgehen lassen, vielleicht die letzte dieser Art.

Sie stand auf, um nach Dimma zu sehen. Sie wollte sich nur kurz vergewissern, dass die Kleine in ihrem Bett lag.

Ihre Schritte waren langsam und schwer, obwohl sie auf Zehenspitzen durch den Flur schlich.

Ganz vorsichtig öffnete sie die Kinderzimmertür und trat auf Dimmas Bett zu, während ihre Augen sich an die Dunkelheit gewöhnten. Sie sah die Decke, das Kissen – aber wo war Dimma? Hatte sie sich im Schlaf umgedreht oder war in eine Ecke des Betts gerutscht? Auf ihrem Kissen lag sie nicht, aber irgendwo musste sie sein.

Nur wo?

Panik ergriff Hulda.

Sie war nicht mehr sicher, ob sie wach war oder schlief, sich in einem Traum oder Albtraum befand. Wo war ihr Mädchen?

Schnell knipste sie die Nachttischlampe an und riss die Decke vom Bett, doch Dimma war nirgends zu sehen.

Die Kleine war weg.

Hulda wollte schreien, doch sie brachte keinen Ton heraus, bekam keine Luft.

Sie schloss die Augen, wollte diesen furchtbaren Albtraum hinter sich lassen, wollte aufwachen.

Da hörte sie ein Atmen.

Sie drehte sich um und sah Dimma in einer Ecke auf dem Boden kauern, ihre weit aufgerissenen Augen starrten ins Leere.

Hulda erschrak zu Tode, ihr Herz setzte aus, und in der Hektik wäre sie beinahe gestürzt. Für einen Moment hatte sie Angst um ihre Tochter und fürchtete sich gleichzeitig vor ihr.

»Dimma? Dimma! Ist alles in Ordnung?«, fragte sie, flüsterte sie, wollte die nächtliche Stille nicht stören, das Mädchen nicht erschrecken.

Die Kleine antwortete nicht, sondern starrte weiter, als ob irgendetwas ihre ganze Konzentration verlangte.

Hulda kniete sich vor sie und umarmte ihre Tochter.

»Alles gut, mein Schatz. Bist du hingefallen? Hast du schlecht geträumt?«

Als sie immer noch keine Antwort bekam, stand Hulda auf und trug Dimma zum Bett, hielt sie fest im Arm.

Sie wollte ihr ein Schlaflied singen, doch sie war zu aufgewühlt, stattdessen legte sie ihre Hand auf die Wange des Mädchens und flüsterte: »Schlaf jetzt, meine Süße. Alles wird gut.«

Natürlich würde alles gut.

Für dieses Kind stand Hulda jeden Tag auf, sie gab auf sie acht, sah ihr beim Wachsen und Gedeihen zu. Sie würde sie vor allem Unheil dieser Welt beschützen.

Sie würden immer zusammen sein, durch dick und dünn gehen, und jeder einzelne Tag war allein dadurch schön, dass Dimma Teil ihres Lebens war.

Eines Tages würde die Kleine auf eigenen Füßen stehen, und Hulda würde unglaublich stolz sein, auch wenn sie sich gleichzeitig vor diesem Tag fürchtete.

Sie liebte Jón – zumindest manchmal –, genau wie ihre Mutter, doch bedingungslose Liebe hatte sie erst erfahren, als Dimma in ihr Leben kam.

Dimmas Lider schlossen sich. Jetzt wirkte sie wieder ganz friedlich.

Die Welt war wieder in Ordnung.

Hulda würde bei der Arbeit gegen alle Widrigkeiten ankämpfen und es gleichzeitig genießen, dass sie einen großen Fall gelöst hatte.

Aber das Allerwichtigste, hier und jetzt, war Dimma.

»Mama passt auf dich auf«, raunte sie der Kleinen ins Ohr. »Mama wird immer auf dich aufpassen.«

Als Dimma wieder ins Reich der Träume sank, flüsterte sie:

»Ich werde alles Böse dieser Welt von dir fernhalten, mein Schatz.«

DANK

Der vierte Band um Hulda Hermannsdóttir entstand während der Dreharbeiten zur Fernsehserie *The Darkness*, die auf *DUNKEL* beruht, dem ersten Band der Reihe. Das vorliegende Buch ist der Schauspielerin Lena Olin gewidmet, die die Rolle der Hulda spielt, sowie dem Regisseur Lasse Hallström. Es war unglaublich bereichernd, ihre Arbeit am Set zu verfolgen, und auch die aller anderen Beteiligten, die Hulda auf dem Bildschirm zum Leben erweckt haben. Herzlichen Dank für das Gegenlesen des Manuskripts an Staatsanwältin Hulda María Stefánsdóttir sowie Jónas Ragnarsson, Lyður Þór Þórgeirsson und Víkingur Heiðar Ólafsson.

Die isländische Originalausgabe erschien 2024 unter dem Titel
HULDA bei Veröld, Reykjavík.

Der Verlag behält sich die Verwertung der urheberrechtlich geschützten Inhalte dieses Werkes für Zwecke des Text- und Data-Minings nach § 44 b UrhG ausdrücklich vor. Jegliche unbefugte Nutzung ist hiermit ausgeschlossen.

Penguin Random House Verlagsgruppe FSC® N001967

1. Auflage
Copyright © der Originalausgabe © 2024 Ragnar Jónasson
Published by Agreement with Copenhagen Literary
Agency ApS, Copenhagen
Copyright © der deutschsprachigen Ausgabe 2025 btb Verlag
in der Penguin Random House Verlagsgruppe GmbH,
Neumarkter Straße 28, 81673 München
produktsicherheit@penguinrandomhouse.de
(Vorstehende Angaben sind zugleich Pflichtinformationen nach GPSR)

Covergestaltung: semper smile, München
Covermotiv: plainpicture / Virginie Plauchut,
Shutterstock / THALERNGSAK MONGKOLSIN, VALERONE,
Tartila, Milano M, Katvic, DniproDD
Satz: GGP Media GmbH, Pößneck
Druck und Einband: GGP Media GmbH, Pößneck
Printed in Germany
ISBN 978-3-442-76308-5

www.btb-verlag.de
www.facebook.com/penguinbuecher